CONTE D'UN PÈRE PERDU

Ludvai Aragon

Conte d'un Père Perdu

Fantasy

© 2024 Ludvai Aragon

Édition : BoD · Books on Demand, 31 avenue Saint-Rémy, 57600 Forbach, bod@bod.fr

Impression : Libri Plureos GmbH, Friedensallee 273, 22763 Hamburg (Allemagne)

ISBN : 978-2-3225-4230-7

Dépôt légal : Janvier 2025

Il est trop tard, je t'ai déjà pardonné.

Robin Hobb

I – Mère

*

« Torikala, ô Torikala,

Tes merveilles m'emplissent de joie

Torikala, ô Torikala,

En tes murs, je ne suis que pantois

Ville superbe, ville de rêve,

De sa fontaine à ses habitants

Quand sur les dunes, le soleil se lève

On ne peut que chanter en dansant

Au milieu des sables rouges

Rien ne te laisse deviner

Mais si jamais le sable bouge

C'est que tu es presque arrivé »

Torikala, du ménestrel Beauvoix

*

Je m'effondrai sur le sol. Mon pied avait heurté la racine d'un olivier et j'avais trébuché, mains en avant. Je jurai, alors qu'une larme de frustration, de colère et de douleur forçait le passage de mes paupières. Ma peau brune, marquée par la roche sur laquelle j'étais tombé, avait des teintes de gris là où la poussière s'était incrustée. Mes cheveux noirs, coupés aux épaules, en étaient couverts. Mais il n'y avait rien d'étonnant à cela. Les vents venaient souvent du désert pour recouvrir l'herbe d'une fine couche de sable, et malgré sa proximité avec le fleuve Kadjal, Solzdaar, le village où j'habitais, était presque stérile.

« Presque » était le mot adéquat. Un certain nombre d'arbustes, qui poussaient bien dans le sable, étaient connus pour purifier le sol et permettait de planter, autour d'eux, des cultures de céréales, arrosées avec l'eau du Kadjal. De même, le climat était propice à la pousse d'oliviers qui étaient utilisés pour leur huile. Et si les adultes travaillaient dans les champs, les enfants et les adolescents passaient leurs journées à jouer autour. Mais les jeux des uns ne sont pas toujours ceux des autres, et, comme souvent, j'en faisais les frais. Je me relevai et me remis à courir pour m'éloigner du fleuve, où j'étais allé jouer quelques heures plus tôt, et rejoindre ma maison, en périphérie de Solzdaar.

Ma mère était déjà rentrée et balayait la pièce à vivre. Je la regardai à peine avant de filer dans ma chambre et de m'allonger sur le lit. Je pleurai. Ma mère entra dans la pièce et vint s'asseoir à côté de moi. Elle caressa mes cheveux et en chassa du sable.

— Que se passe-t-il, mon chéri ? me demanda-t-elle.

— J'en ai assez qu'on se moque de moi ! dis-je en laissant échapper ma colère. Je n'y suis pour rien si je n'ai pas de père !

— Les autres se moquent ?

— Ils m'appellent « sans-papa », et ils ne veulent pas m'apprendre à jouer au Sort Suprême, ils disent qu'ils l'ont appris de leur père, et que si j'ai pas de père, je peux pas apprendre ! C'est injuste ! Pourquoi je n'ai pas de père ? Moi aussi je veux un père !

Je me remis à pleurer. Ma mère soupira. Elle me tira contre elle et me cajola quelques instants, avant de prendre une longue inspiration.

— Je suis désolée, me dit-elle d'un ton repentant. C'est de ma faute. Je... Je crois qu'il est temps que je te parle de ton père.

Je tendis l'oreille et séchai mes larmes. Je savais qu'elle n'allait pas reculer. Elle prit cependant le temps de me laisser me calmer, et probablement de prendre son courage à deux mains.

— J'ai rencontré ton père il y a des années, alors que je voyageais encore. À l'époque, je ne faisais que suivre mes parents. J'avais quelques années de plus que toi. Nous faisions partie d'une caravane de marchands. Nous étions chargés de transporter des vivres, et notamment de l'eau pour la traversée du désert. Nous nous sommes perdus et... Je sais qu'il te sera difficile de me croire, mais... nous avons fini par trouver une ville, perdue au milieu du désert rouge. Cette ville, c'était Torikala.

— La ville légendaire ?

— Elle-même.

Je n'en croyais pas mes oreilles. Pourtant, je savais qu'elle ne mentait pas. Je le sentais. Cela faisait quelques mois que j'étais capable de dire quand on me mentait ou quand on me disait la vérité. Je n'avais qu'à envelopper la personne de ma volonté, et il lui était impossible de me mentir sans que j'en fusse conscient. Je le faisais instinctivement, sans effort aucun. Sans y réfléchir, je l'avais fait avec ma mère, et ce sens particulier m'indiquait qu'elle était sincère. Je hochai la tête pour lui indiquer que j'étais attentif. Elle reprit.

— Nous avons été accueillis comme des princes, et ce sans distinction de rang. Chacun de nous a été traité comme un invité de marque. Mais nous n'étions pas seuls. Il y avait d'autres voyageurs, et parmi eux, il y avait ce jeune homme. Il était beau, il parlait bien, et j'ai appris par la suite qu'il était un peu connu dans le désert. Il arpentait ce dernier en solitaire, à la recherche de serpents zeklons.

— Mais tu m'as toujours dit d'éviter ces serpents ! Ils sont dangereux !

— Et je le maintiens ! Ne t'en approche pas ! Mais lui le faisait, et il extrayait leur venin pour en tirer un antidote. Il était donc courageux, en plus du reste. Je... Il m'a séduite en un rien de temps.

— Comment s'appelait-il ?

— Sarik... Il s'appelait Sarik. Par Bheldhéis, tout cela ne me rajeunit pas... C'était il y a près de quatorze ans... Quand nous sommes repartis, après réapprovisionnement, nous nous sommes dit au revoir, et... il m'a laissé un cadeau sans que nous nous en soyons rendu compte.

— Un cadeau ?

— Toi, Hyossif ! Tu es né près de neuf mois plus tard. Mes parents, en apprenant la nouvelle de ton arrivée, m'ont laissée seule, car je n'étais pas mariée. Mais je m'en moquais, car je t'avais toi, et que c'était tout ce qui comptait. Tout comme aujourd'hui. Tu es mon trésor, et tu le resteras.

— Alors... Mon père est quelque part dans le désert ?

— C'est possible...

— Tu n'as jamais pensé à aller le chercher ?

— Si, bien sûr que si, mais... Ce n'était qu'une amourette de jeunesse. Je ne suis même pas sûr qu'il se souvienne de moi... Le temps passe, et plus il passe, moins j'ai de raisons d'aller à sa recherche. Et puis, je t'ai, toi... Je n'ai besoin de personne d'autre.

— Moi j'aimerais le retrouver... Je voudrais un père, alors je souhaiterais qu'on aille le chercher...

Je la suppliai des yeux. Elle haussa les sourcils, se mordit le pouce, et détourna le regard. Je savais ce qu'elle allait dire avant même qu'elle n'ouvrît la bouche.

— Je ne crois pas que ce soit possible... Je vais y réfléchir.

Elle baissa la tête. Je me doutais de quelle serait sa réponse. Je n'avais pas grand espoir. Elle s'était résignée déjà plusieurs années auparavant, et ce n'était pas mon caprice qui allait la faire changer d'avis. Elle embrassa mon front et se remit au travail. Je restai sur le lit, non plus pour pleurer mais pour réfléchir à ce que j'avais appris, et surtout rêver de ce père que je n'avais pas.

*

— Tu mens ! me cracha Kessir. Mon père il dit que

Torikala n'existe pas !

— Je jure que je dis la vérité ! me défendis-je. Ma mère a rencontré mon père à Torikala !

— Laissez-le, ajouta Sylda. Il fait son intéressant parce qu'il est jaloux que nous on ait un père.

— Moi j'aime pas les menteurs ! fit Ensar.

— Je ne mens pas ! criai-je, comme si cela allait changer quelque chose. C'est ma mère qui me l'a dit !

— Alors c'est ta mère la menteuse ! me nargua Kessir. Ta mère est une menteuse ! Ta mère est une menteuse !

Ensar reprit la chansonnette insultante de Kessir, et les deux garçons se moquèrent de moi en chœur. Sylda, elle, ne disait mot. Elle semblait avoir pitié de moi, mais être d'accord avec les autres. De rage, je décochai un coup de poing au visage d'Ensar. La chanson cessa, mais il était plus grand que moi et bénéficiait de l'assistance de Kessir. En un instant, j'étais à terre, et je pleurais alors qu'on me couvrait de coups de pieds dans le dos et le ventre.

— Arrêtez ! hurla Sylda. Vous allez le tuer ! Bande de brutes !

— C'est lui qui a commencé ! se justifia Kessir.

— Si Ensar et toi ne parliez pas mal de sa mère, ça ne serait jamais arrivé !

— S'il n'était pas venu nous raconter des âneries sur Torikala, ça ne serait jamais arrivé non plus, répondit sèchement Ensar.

Il rajouta un coup de pied, puis se détourna de moi. Les trois s'éloignèrent bruyamment, me laissant là, meurtri dans ma chair comme dans mon esprit. Je ne bougeai pas, pas tout de suite. Je pris le temps de sécher mes larmes. Je n'avais pourtant voulu que partager avec eux la bonne nouvelle que m'avait offert ma mère la veille ! Pourquoi l'avaient-ils insultée plutôt que de se réjouir avec moi ? Pourquoi m'avaient-ils frappé et humilié alors même que j'étais, une heure auparavant, heureux de pouvoir donner une portion de mon bonheur ?

Le vieux Senka s'approcha. Il m'aida à me relever et me dit de le suivre. Il m'offrit un cataplasme pour soulager mes muscles endoloris, et s'assit en face de moi.

— Ça va aller, mon garçon ? me demanda-t-il d'un air soucieux.

— Je crois...

— J'ai assisté à toute la scène... C'est moche, la façon dont ils t'ont traité.

— Ma mère n'est pas une menteuse… dis-je en me retenant de pleurer de nouveau. Je sais qu'elle ne ment pas…

— Pourtant, Ensar a raison sur un point. Torikala n'est qu'une légende pour les enfants. C'est impossible que ta mère ait rencontré ton père là-bas…

Ma volonté l'enveloppait, comme à chaque fois que je parlais à quelqu'un. Et à cet instant, elle m'indiqua que Senka disait la vérité. Quelque chose en moi s'effondra. Torikala n'existait pas ?

— Je sais que ma mère n'a pas menti ! m'exclamai-je autant pour en convaincre le vieil homme que pour me donner confiance en moi. Je le sais !

— Il est possible qu'elle ait embelli la vérité pour que tu l'acceptes plus facilement, Hyossif… Les mères font cela, parfois. Crois bien qu'elle n'avait aucune mauvaise intention en le faisant, au contraire. Elle espérait sans doute te rassurer. Mais hélas, c'est la stricte vérité. Torikala n'existe pas.

Je reposai le cataplasme sur la table et remerciai Senka avant de sortir de la maison. Je n'avais plus envie de lui parler. Il le faisait peut-être de façon plus bienveillante, mais lui aussi traitait ma mère de menteuse ; or je savais qu'elle ne mentait pas. Si c'était le cas, je l'aurais su. Pourtant, le vieux Senka hétait honnête aussi. Comment ma mère et lui pouvaient-ils dire deux vérités opposées ? Je ne le savais pas. Mais entre lui et elle, mon choix était vite fait. Je ferais confiance à ma mère. Et je leur prouverais à tous qu'ils se trompaient. Ma décision était prise : le soir même, je partirais à la recherche de Sarik.

Je rentrai à la maison et fouillai le petit coffre dans lequel je savais que ma mère rangeait les économies. Je ne savais pas combien il y avait, car je n'avais jamais appris à compter au-delà de dix. Je séparai les pièces en deux tas à peu près égaux, et en ramassait l'un d'eux pour le mettre dans une bourse en cuir que je nouai à ma ceinture. Je me préparai un paquetage avec une couverture, un couteau, une casserole, un bol, une grande gourde d'eau et du grain pour faire du gruau. J'emportai aussi un morceau de fromage, que je me jurai de garder pour quand le gruau me semblerait trop fade. Je volai également une lanterne et quelques bougies, ainsi qu'un silex dont je savais que ma mère ne se servait pas, car elle avait un briquet à amadou.

Ainsi paré, je me mis en route sans prévenir personne. Je ne pus laisser une lettre à ma mère pour la prévenir de mon entreprise, car je ne savais pas écrire autre chose que mon prénom, et de toute façon, nous ne possédions ni papier ni encre. J'aperçus cependant le vieux Senka, qui me jeta un regard interrogateur. Je fis semblant de ne pas le voir et me hâtai. Au moins, le vieillard pourrait dire à ma mère que j'étais parti de mon propre chef. Je réalisai à ce moment ce que j'étais en train de faire. Je me lançais dans une aventure que je n'étais sans doute pas prêt à affronter. Mais Sarik était un homme courageux, et si je voulais le retrouver, je devais le devenir moi aussi. Au moins, je savais où je comptais aller. Je passerais d'abord par Halik, la grande ville la plus proche, puis me mettrais en route vers le nord, en direction du désert rouge, à la recherche de Torikala.

II – Halik

*

« Nous ne sommes guère que des artisans ayant connu la fortune, comme toutes les villes de Kemn. Nous n'avons rien de particulier, si ce n'est la chance de nous être trouvés au bon endroit au bon moment, d'avoir rencontré des semblables et de nous être unis avec eux. Bien sûr, quand je parle de chance, on peut y voir l'œuvre de Bheldhéis et de Sa toute puissante main. Car si certains doutent de la légitimité de notre position dans la ville, que ce soit en termes de législation ou d'économie, nul ne peut s'opposer à Sa divine volonté. »

Légitimité, de Fimir le Premier Marchand

*

Je marchai de longues heures, avant de tomber de fatigue. J'étais si épuisé que je ne pris même pas le temps de me faire à manger. Je m'enroulai dans ma couverture et m'étendis sur le sable, avant de m'endormir comme l'enfant que j'étais. Le matin me frappa le visage avec une rudesse que je n'attendais pas. Je m'époussetai le visage, qui s'était lentement couvert de sable dans la nuit à cause du vent. Je constatai que je n'étais pas le seul à m'éveiller puisqu'une souris des sables, à peine visible, tirait une goutte de rosée d'une des rares plantes qui poussaient dans le sol sablonneux. Je ne l'avais remarquée que parce que c'était la seule créature vivante à la surface du sol à avoir une conscience perceptible. Sa volonté avait effleuré la mienne, et, après avoir consommé sa goutte d'eau, elle me fixait à présent, une lueur maligne dans le regard.

Jamais je n'avais réalisé qu'une si petite créature pouvait être assez intelligente pour percevoir ce que je percevais. J'avais la certitude que peu d'humains, sinon aucun, n'en était capable. Mais cette souris des sables le pouvait. J'avançai ma volonté vers elle, doucement. Je la sentis prudente, mais non craintive. Je l'enveloppai de mon sentiment du moment, la fascination et l'intérêt. Elle se leva sur ses pattes arrière, renifla, puis, de nouveau à quatre pattes, fit quelques pas vers moi. Je la savais apaisée, consciente que je ne lui voulais aucun mal. J'attrapai ma gourde sous ses yeux curieux. Je mouillai mon index, m'agenouillai, et le tendit en avant. Une goutte d'eau se forma, et la souris se jeta dessus pour ne pas qu'elle coulât et se perdît dans le sable. Elle la recueillit entre ses pattes avant, et après avoir plongé son museau dedans, elle s'humecta les yeux et se frotta les oreilles.

J'étais transi d'admiration. Cette créature n'était pas plus grande que ma paume. Mais elle savait que l'eau était une ressource rare dans le désert. Aussi appréciait-elle le cadeau que je lui en faisais. Je pouvais le sentir. Soudain, un sentiment s'empara de moi. Je souhaitais qu'elle m'accompagnât. Je désirais ne pas être seul dans mon voyage, et cette souris des sables, capable de tendre sa volonté, était probablement ce que je pouvais avoir de plus proche d'une amie. Je l'enveloppai de cette idée complexe, puis la résumait en deux plus simples. Attachement et voyage.

La souris sembla hésiter. Je ressentis en elle une forme d'intérêt, mêlé de trouble. Je m'imaginai son tracas. Pourquoi un grand bipède, qui a le pouvoir de faire couler l'eau, s'acoquinerait-il avec une souris des sables ? Et pour répondre à cette hypothétique question, je lui partageai ma solitude et ma détresse. J'étais incapable de lui dire que j'étais à moitié orphelin, que j'étais moqué par mes pairs, et que j'étais le seul à ressentir la volonté des autres. Mais je pouvais lui faire part de ce que cela engendrait chez moi : sentiment d'abandon, de faiblesse, d'incomplétude.

Tout cela ne devait pas avoir grand sens pour elle. Pourtant, elle réagit à l'intensité de mes émotions en faisant reculer sa volonté, en la repliant sur elle-même, comme pour la cacher. Elle fit quelques pas en arrière, puis se retourna vers moi. Elle se leva sur ses deux pattes postérieures, se lustra une nouvelle fois le museau, et laissa sa volonté sortir. Je ne déchiffrai pas ce qu'elle contenait, mais le sentiment qui l'accompagnait était doux, réconfortant. La souris s'accrocha à ma botte, puis à mes chausses, et grimpa le long de mes vêtements jusqu'à mon épaule, où elle se glissa sous mes cheveux. Cela chatouillait un peu, mais j'appréciais qu'elle m'accordât ainsi sa confiance. C'est donc avec une partenaire de fortune que je me remis en route vers Halik.

Je ramassai des branches d'arbrisseaux desséchés sur le chemin, afin de pouvoir faire un feu. Lorsque j'en eus suffisamment récupéré, je m'installai pour faire chauffer un peu d'eau et de grain. J'en versai une poignée sur la couverture pour la souris, et je l'observai manger pendant que ma pitance cuisait. Je songeai qu'il fallait lui donner un nom. Je réfléchis pendant quelques instants, et proposai :

— Que penses-tu de Henya ?

Je sentis qu'elle s'en moquait. Je me rappelai alors que le concept de nom lui était sans doute étranger, qu'elle n'avait aucun attrait pour lui. Ce n'était pas elle qui avait besoin d'un nom, mais bien moi qui ressentait le besoin de lui en donner un. Henya irait très bien. Je mangeai ensuite ma ration de gruau alors que la casserole refroidissait dans le sable. Puis je rangeai mes affaires et me remis en route. J'espérai atteindre Halik avant la tombée de la nuit, et c'est en effet ce qui se produisit.

Je pénétrai la cité encadrée de murs blancs limés par les vents sablonneux du désert alors que le soleil était encore assez haut dans le ciel. Il devait me rester quelques heures avant qu'il ne se couchât. Dès mon entrée, Henya se cacha dans mon col. La présence des autres humains ne la mettait pas à l'aise, je m'en rendais bien compte. Mais en se sachant invisible sous mes vêtements, elle ne craignait pas d'être chassée d'une quelconque façon.

La ville avait été construite autour d'une petite oasis, et je fus en mesure de remplir ma gourde. Attirée par l'eau, Henya se faufila dans ma manche pour aller en recueillir un peu entre ses pattes, boire, et faire sa toilette.

Contrairement à ce que je pensais, l'oasis elle-même n'était pas l'endroit le plus bondé de Halik. Plusieurs animaux s'y trouvaient, surtout des dromadaires et quelques chevaux, pour qui on avait mis à disposition de la nourriture dans des mangeoires au bord de l'eau. Il y avait tout de même quelques humains, qui surveillaient et s'occupaient des animaux. Lorsque Henya et moi eûmes fini de nous désaltérer, nous reprîmes le chemin vers les zones plus peuplées, et découvrîmes le marché de Halik. On y vendait toutes sortes de choses. Des vivres, des objets de plus ou moins grande valeur, et surtout d'utilité variable. L'odeur des épices, le bruit des piécettes qui glissaient d'une main à l'autre, la verdure environnante qui, je le découvrais bientôt, était si spécifique aux oasis, la moiteur et la fraîcheur de l'air malgré le soleil mordant, étaient autant de sensations qui me déconcertaient autant qu'elles m'étaient agréables. Au sortir du marché se trouvait un temple de Bheldhéis, et je fus soudain pris d'une ferveur croyante. Si quelqu'un pouvait m'aider à trouver mon père, c'était bien le dieu de la Lumière.

Je pénétrai le temple, immaculé, dominé par un puits de lumière. Un jeu de miroirs astucieux faisait en sorte que les rayons du soleil tombassent sur une statue à l'effigie de Bheldhéis. Le temple n'était pas grand, mais une vingtaine de personnes attendaient en colonne pour se relayer devant l'autel de prière. La coutume, m'avait expliqué un Hyendhei de passage au village, voulait que celui qui désirait recevoir une bénédiction le demande à haute voix, afin que nul ne souillât le temple avec une requête immorale. Un Aikdhei écoutait les prières et demandait à Bheldhéis d'entendre les supplications qui lui étaient adressées. Autour, plusieurs Hyendheis s'occupaient d'entretenir le temple, d'arroser des fleurs que je ne connaissais pas, de nettoyer le sol et les bancs pour les messes hebdomadaires…

Je me glissai dans la file et attendis durant près d'une heure. Lorsque ce fut enfin mon tour, je m'installai à genoux devant l'autel. Je couvris mes yeux de ma main, en signe de soumission à Bheldhéis. L'Aikdhei prit le temps de boire une gorgée d'eau avant de parler.

— Bienvenue dans la Sainte Église de Bheldhéis, mon enfant. Puisses-tu trouver ici ce que tu cherches. Quel est ton désir ?

— Je voudrais retrouver mon père, dis-je en m'efforçant de masquer ma soudaine anxiété à l'idée que chacun sût ce qui m'animait. Je voudrais, si cela est possible, que Bheldhéis me guide vers lui.

— Nul enfant ne devrait être séparé de son parent. Ô Bheldhéis, entend la prière de ce jeune homme. Montre-lui la voie afin qu'il trouve l'homme qu'il cherche. Que Ta sainte lumière lui ouvre le chemin, et que nul ne s'oppose à son destin, car Ta volonté n'est pas de séparer l'enfant du parent. Ainsi soit-il.

— Ainsi soit-il, répétai-je pour compléter le rituel.

Je me relevai et remerciai l'Aikdhei, et aussitôt, je ressentis une volonté puissante m'entourer. Cela ne dura qu'un moment, mais j'y décelai la puissance divine. C'était chaud comme un rayon de soleil, et j'en avais été, l'espace d'un instant, empli. Je marchai doucement vers la porte du temple. *Bheldhéis est avec moi*, me dis-je. Et, gonflé d'un courage renouvelé, je me mis en quête d'une auberge.

Mon œil fut attiré par une enseigne représentant un serpent qui muait. Un lit et une choppe de bière accompagnaient le symbole, et je me demandai si la présence de ce serpent était un signe de Bheldhéis. En effet, Sarik était un chasseur de serpents. Je décidai de croire que le début de mon destin était dans cette auberge. J'y entrai et l'ambiance me charma instantanément. Un flûtiste jouait de son instrument dans un coin de la pièce, et un barde, à son côté, chantait la beauté du dragon Melkiar des montagnes de Laimin et de Rekmal. Je me rapprochai et écoutai.

— *Ses écailles d'or et d'argent sont veinées, ses ailes sont parées d'un blanc immaculé, son corps d'acier se meut dans les airs, du ciel aux abîmes, il n'a pas le moindre pair.*

Un dragon, pensai-je, *c'est une créature merveilleuse. Mais je n'irai jamais jusqu'en Rekmal pour voir ce Melkiar...* Mon attention se reporta sur le tenancier. Je remarquai qu'il me regardait depuis que j'étais entré. Il n'avait pas l'air hostile, mais il semblait attendre quelque chose. Je vins vers lui et lui demandai ce qu'il y avait à manger. Il me recommanda son tajine de légumes, que je pris volontiers. Je payai les quelques pièces de cuivre que coûtait le plat, et avant d'aller m'asseoir, je lui louai une chambre pour la nuit, à une pièce d'argent. Il me sembla le voir regarder ma bourse avec insistance, et il ajouta, plus bas :

— Tu sais, mon garçon, tu ferais mieux de ne pas trimballer autant d'argent sur toi. Ou au moins, de séparer tes pièces en plusieurs bourses. Une sacoche de cet acabit peut attirer les convoitises...

— Vous croyez ? m'étonnai-je. Je n'y avais pas songé.

— Va au marché demain. Il y a de nombreux tanneurs qui seraient heureux de te vendre une ou deux autres bourses. Range celles que tu n'utilises pas dans ton sac de voyage. Je te laisserai revenir pour ce faire.

— Merci monsieur ! C'est très généreux de votre part !

— Tu me sembles bien jeune pour voyager seul...

— Je suis à la recherche de mon père. Il... vient du

désert rouge.

— Tu auras de la route. Tu devrais aussi aller voir Yimin, demain. Il te vendra de la viande séchée, et il pourra t'indiquer une caravane qui fait le voyage. Voyager à plusieurs est plus sûr. Dis-lui que tu viens de la part de Mokrane. Tu le trouveras à côté du temple de Bheldhéis.

— Merci infiniment !

— Pas de quoi, gamin. Il serait criminel de ne pas te donner un coup de main.

Je partis m'asseoir à une table avec mon bol de tajine. Le duo avait changé de musique et chantait à présent une ballade sur un chasseur d'argent qui aurait retrouvé un objet précieux dans le désert rouge et l'aurait ramené à un Premier Marchand de Halik. Si le sujet ne m'intéressait pas outre mesure, la musique était douce et agréable. Le public semblait conquis, et je réalisai finalement que, d'une manière qui m'était inconnue, le flûtiste faisait quelque chose avec sa volonté qui touchait celle des autres. Je fus immédiatement intrigué. Sa musique servait de support à sa volonté... C'était peut-être pour cela que tout le monde était aussi attentif. Henya elle-même semblait touchée par le phénomène. Je décidai que lorsqu'il s'arrêterait, j'irais lui parler.

Les musiciens firent finalement une pause et je décidai d'en profiter pour aller les voir. Je m'approchai du flûtiste qui me sourit et me tendit une petite gamelle, dans laquelle trônaient quelques pièces. J'attrapai une pièce d'argent et la plaçai dans le récipient.

— Merci, mon garçon, dit-il d'une voix qui me fit prendre conscience qu'il n'était pas tout à fait adulte.

Tu es bien généreux.

— Puis-je vous poser une question ?

— Bien sûr ?

— Qu'est-ce que vous faites avec votre volonté ? demandai-je sans ambages.

— Oh, ça, fit-il avec un léger sourire. Tu n'es pas le premier à t'en rendre compte. C'est de la magie. Si tu t'en es rendu compte, c'est que tu as probablement un certain potentiel, toi-même. Ma magie me sert à charmer les gens. Elle les rend plus attentifs, plus enclins à apprécier ce que nous faisons… et donc à nous rémunérer. Et toi, que fais-tu avec ta volonté ?

Je fus pris de court. Je n'avais pas réalisé l'avoir entouré, car depuis plusieurs mois, je le faisais instinctivement dès que je parlais à quelqu'un. Je savais donc qu'il ne m'avait pas menti. C'était de la magie. Cela voulait-il dire que je faisais moi-même de la magie ?

— Je... décèle les mensonges, avouai-je. Désolé, ce n'est pas que je ne vous fais pas confiance ! C'est juste...

— Instinctif, je sais. Ne t'en fais pas. Je ne suis pas en mesure de faire de toi un thaumaturge, malheureusement... Mais sache que ce pouvoir, c'est de la magie, et qu'avec un bon professeur, tu seras sans doute plus puissant qu'un simple mage. Tu es ce qu'on appelle un sorcier, c'est-à-dire que tu as une compréhension instinctive de la magie. Vu ton âge, tu as dû t'en rendre compte il y a assez peu de temps... J'espère que tu trouveras un professeur.

— Ce n'est pas possible pour le moment, dis-je pour modérer mon propre enthousiasme. Je suis à la recherche de mon père. C'est un chasseur de serpents zeklons qui officiait, aux dernières nouvelles, dans le désert rouge...

— Je vois... Alors espérons que tu le trouveras vite ! Je prierai pour toi, m'assura-t-il.

— Merci !

Il me salua et se mit à manger son tajine, servi entre temps par le tenancier Mokrane. Je retournai à ma place. Je sentis la curiosité de Henya quant à l'échange que je venais d'avoir. Je souris et murmurai :

— Oui, Henya, toi aussi tu dois être une sorcière...

III – Djeks

*

« Nul ne saurait m'interdire de le trouver. Il m'a été annoncé que je le trouverai cette année, et je compte bien le chercher afin d'accomplir la prophétie. Car si j'ai appris une chose en servant Bheldhéis, c'est que ce qu'Il nous offre, Il nous demande de venir le chercher. Ce destin qui m'est annoncé, je souhaite l'embrasser. L'Aikdhei Rabeh est d'accord avec moi, et m'a donc confié à l'Aikdhei Kennu. Mais ce dernier est trop mou et ne croit pas à la prophétie qui m'a été donnée. C'est pourquoi, Unam, je dois m'en aller. J'ai été heureux de te rencontrer et de te connaître, mais je ne puis rester et ignorer le saint ordre qui m'a été donné. »

Lettre à la Hyendhei Unam, du Hyendhei Djeks

*

Je suivis les conseils de l'aubergiste et achetai deux bourses à un tanneur. Je demandai Yimin, et on m'indiqua un étal où il y avait, comme l'avait annoncé Mokrane, de la viande séchée. Je m'en approchai, en achetai quelques bandes, et indiquant venir de la part du tenancier de l'auberge, je demandai si une caravane partait vers le désert des sables rouges.

— Tu veux partir dans le désert rouge ? Tu me sembles pourtant bien jeune.

— Je pars à la recherche de mon père... On m'a dit qu'il vivait là-bas.

— Je vois... Il y a bien une caravane, celle de Mourad, au nord de la ville. Elle devrait partir bientôt. Hâte-toi !

Je me hâtai donc, mais passai tout de même par l'auberge pour séparer mes bourses. Je me rendis ensuite au nord de la ville, non sans remercier chaleureusement Mokrane pour son accueil et ses précieux conseils. Je trouvai la caravane en pleine agitation. Les dromadaires étaient bardés de paquets aux couleurs vives, de rations d'eau et de nourriture, de tentes enroulées et de petits animaux en cage. Cette dernière observation hérissa le poil de Henya, mais je la rassurai. Je ne comptais pas la mettre dans une cage, jamais. Les lapins et les poulets n'étaient pas les amis de ces hommes. Henya sembla se détendre un peu, mais je sentis bien qu'elle n'était pas à l'aise. Et je la comprenais un peu. Il est difficile pour un animal sauvage de supporter l'idée d'être enfermé contre son gré.

Je m'approchai et demandai Mourad. On m'indiqua un homme assez âgé, qui semblait observer les préparatifs avec attention. Je fis quelques pas vers lui et me présentai.

— Excusez-moi de vous déranger, je suis Hyossif, et je cherche à rejoindre le désert rouge pour retrouver mon père. Voulez-vous bien que je me joigne à votre caravane ?

— Pas question, répondit froidement Mourad. Tu es un enfant, tu n'as rien à faire dans ce convoi. Nous en avons déjà assez avec...

— Laisse-le venir, Mourad, coupa une voix d'adolescent.

Je me tournai et aperçus un jeune homme à peine plus vieux que moi. Il portait une robe de Hyendhei, et son oreille percée arborait le symbole solaire de Bheldhéis.

Il était jeune, mais il avait déjà l'aura d'un homme d'église accompli. Il semblait confiant, sûr de lui. Mourad, lui, eut un pincement de lèvres exaspéré.

— C'est encore ma caravane, maugréa-t-il.

— Vous ne souhaiteriez pas aller contre la volonté de Bheldhéis, mon cher ami, n'est-ce pas ?

— Votre volonté n'est pas celle de Bheldhéis, Djeks.

— Je crois pourtant que Sa volonté est que ce jeune homme nous rejoigne. L'avez-vous entendu ? Il est à la recherche de son père. Il partira avec ou sans nous. Il est de notre responsabilité de ne pas le laisser partir seul. Bheldhéis est juste, et Son jugement s'abattrait sur celui qui refuserait de l'aider.

— Son jugement... Très bien, très bien, j'ai compris. Mais nous ne partagerons pas notre nourriture ni notre eau avec toi, alors équipe-toi bien !

— Bien sûr ! m'exclamai-je en souriant. Je ne serai pas un poids, je vous le promets !

— Tch, ça changera de Djeks.

Il s'éloigna et je me tournai vers le dénommé Djeks, qui affichait un sourire triomphant.

— Merci ! lui dis-je, plein de reconnaissance.

— C'est normal, je pense sincèrement que c'est la volonté de Bheldhéis. Et il est de mon devoir de la faire appliquer. Je suis Hyendhei après tout.

— Je suis Hyossif, dis-je pour me présenter.

— Je sais, j'ai tout entendu. Tu cherches ton père. Moi, tu l'auras deviné, je suis Djeks. Et mon instinct me dit que c'est toi que je cherchais !

— Moi ? Pourquoi ?

— C'est une longue histoire. Je te la raconterai peut-être plus tard. Mais je vais t'accompagner et t'aider à trouver ton père !

J'étais abasourdi. Pourquoi un inconnu déciderait-il de me suivre dans mon aventure ? Ce n'était pas que de la gentillesse. L'aubergiste avait été gentil. L'Aikdhei avait été gentil. Mais lui ? Il allait au-delà de cela. Bheldhéis m'accordait-il vraiment Sa faveur à ce point ? Dans le doute, je me couvris les yeux un instant pour signifier au dieu de la Lumière que j'étais reconnaissant.

— Ah, tu es un bon croyant ! s'extasia Djeks. C'est une bonne nouvelle. Je ne sais pas comment j'aurais pu cohabiter avec un mécréant.

— Je... Je ne sais pas si je suis un bon croyant, avouai-je. Je ne vais pas aux messes, et je n'ai jamais fait de don à la Sainte Église. Je n'ai été au temple qu'une seule fois, hier.

— Ce n'est pas grave, me sourit-il en pointant ma

poitrine. Ce qui compte, c'est ce qu'il y a là-dedans. Et je suppose que Bheldhéis ne choisit que celui dont le cœur est juste, tu es donc quelqu'un d'honorable dans tous les cas !

Je n'étais pas sûr de cette affirmation. J'avais volé de l'argent à ma mère et l'avais abandonnée à Solzdaar. C'était une bonne façon pour retrouver mon père, mais... Honorable ? Je me voyais plutôt comme un égoïste. Mais j'étais incapable de m'enlever de la tête l'idée de retrouver mon père, alors je devrais vivre avec cette image de moi. Et en vérité, cela ne me dérangeait pas outre mesure. J'espérais surtout que ma mère comprendrait.

— Viens ! me dit-il finalement. Nous allons bientôt partir !

Je l'accompagnai donc jusqu'au rassemblement qui se faisait autour des dromadaires. Nous étions une douzaine, surtout des hommes, mais trois femmes quand même. Djeks et moi étions les plus jeunes du groupe. Mourad donnait ses instructions pour le voyage : ne pas s'éloigner du groupe, ne suivre que lui qui connaissait les directions à prendre. Nous marcherions tous les jours jusqu'au coucher du soleil, et repartirions le matin à l'aube. Nous prendrions deux repas par jour, avant de partir et après nous être arrêtés. Les seules exceptions étaient les villes que nous croiserions, autour d'oasis. Là-bas, nous aurions des instructions spécifiques. Et surtout, ne pas gaspiller d'eau. Ne surtout pas, sous aucun prétexte, gaspiller de l'eau.

Nous partîmes quelques minutes plus tard. Je me plaçai à la fin de la file, aux côtés de Djeks. Nous marchâmes plusieurs lieues avant que, devant moi, un homme me lançât :

— Eh ! On va faire un bout de chemin ensemble alors autant se présenter. Moi, c'est Kaci, je vends des épices, et notamment du lanka.

— Du lanka ? Qu'est-ce que c'est ?

— L'épice des rêves ! Un peu dans un plat ou en infusion, et les heures de sommeil qui suivent seront habitées par les songes les plus doux que tu puisses imaginer !

— Je vois ! Moi c'est Hyossif ! Je suis à la recherche de mon père. On m'a dit qu'il vivait dans le désert rouge. C'est un chasseur de zeklons !

— Un chasseur de zeklons du désert rouge ? C'est

amusant ça, j'en ai connu un il y a quelques années. Comment s'appelait-il déjà ? Tarik ?

— Sarik ?

— Sarik ! C'est ça !

— C'est lui ! C'est mon père !

— Oh ! C'est une sacrée coïncidence !

— Je crois que sacrée est le bon mot, compléta Djeks avec un sourire en coin. De toute évidence, cette quête est guidée par Bheldhéis !

— En tout cas, Sarik est un sacré phénomène. Un joyeux luron, doublé d'un bon vivant ! Et un bon chasseur ! Il manie l'arc avec une élégance et une précision incroyable !

— Que pouvez-vous me dire de lui ?

— Pas grand-chose hélas. Je sais qu'il passait régulièrement à Leikan, où je l'ai rencontré. Mais c'était il y a plusieurs années. Il a peut-être changé ses habitudes. Mais sans doute les habitants se souviendront-ils de lui !

— Peut-être pourront-ils m'aider à le retrouver alors ! Merci Kaci !

J'avais une chance insolente. Ou peut-être Bheldhéis était-il vraiment de mon côté ? En tous cas, j'étais heureux de me rapprocher de mon objectif si vite après être parti. J'avais un objectif précis, dorénavant. Leikan... Ce serait plus facile à trouver que Torikala. Mais avant cela, il me faudrait marcher plusieurs jours dans le Baya, le grand désert qui commençait au sud de Kemn et s'étendait jusqu'au nord d'Eilnap en traversant Thegur. Le désert rouge se trouvait dans la zone nord ouest du pays, en bordure des montagnes de Ghilas. Mais tout cela, je ne le sus que plus tard, quand Djeks me montra une carte du monde. C'était un bien précieux, un cadeau confié par l'Aikdhei Rabeh, qui était responsable de lui avant qu'il ne parte. Nous étions alors sous la tente de Djeks, qui m'y avait convié afin que je ne fusse pas incommodé par le sable.

— Pourquoi as-tu quitté ton Aikdhei ? demandai-je soudain.

— C'est mon destin, commença-t-il. Peut-être n'en avons nous pas tous un, mais toi et moi en avons un. Le tien est sans doute de retrouver ton père. Pour moi, c'est de t'y aider.

— Mais pourquoi penses-tu que ton destin est de m'aider ? Je ne comprends pas...

— J'ai reçu une prophétie quand je me suis engagé dans le Saint Ordre. Je m'en rappelle comme si c'était hier. L'Aikdhei a été comme pris de spasmes, puis il m'a regardé et m'a transmis la parole de Bheldhéis. Ta foi est grande, m'a-t-il dit, et ton destin est sacré, car Bheldhéis a prévu pour toi de grandes choses. Ainsi parle Bheldhéis ! Tu trouveras ton égal, et tu l'aideras là où jamais tu n'as pensé aller. Tu reconnaîtras en lui Ma volonté ! Tu le guideras en des lieux que tu ne connais pas, et il éclairera ta route d'une sagesse nouvelle. Ainsi Bheldhéis a parlé ! Puis il a baissé les bras, et son regard a vieilli d'un coup. L'instant d'après, il était comme vidé de ses forces. D'autres Hyendheis l'ont aidé à s'asseoir, et il m'a demandé de lui raconter ce qu'il venait de se passer. Il faut savoir que je n'ai pas une très bonne mémoire. Mais cet instant s'est gravé en moi comme dans une pierre immuable. Je crois que je m'en souviendrai toute ma vie.

— Et tu penses que cette personne que tu dois aider, c'est moi ?

— J'en suis convaincu. Je crois sentir en toi la volonté du dieu de la Lumière.

— Mais je ne suis pas en mesure de t'apporter une quelconque sagesse ! Je crois même être plus jeune que toi... Tu as sans doute plus à m'apprendre que l'inverse...

— Je ne crois pas que ça ait à voir avec l'âge. Je crois que ce que nous vivrons ensemble nous fera grandir tous les deux, et que de cela, je gagnerai une forme de sagesse !

— Tu crois beaucoup de choses, dis-je sans me rendre compte que cela pouvait sonner comme un reproche.

— C'est mon métier, me répondit-il avec un grand

sourire. Je suis Hyendhei, si je ne croyais pas, ce serait étrange ! Je dois servir Bheldhéis, et Mendhéis dans une moindre mesure. Mon devoir est de croire.

Ce fut le moment que choisit Henya pour se glisser hors de mon col. Elle fixa Djeks pendant un instant, avant de venir gratter ma gourde. Je lui versai un peu d'eau dans mon bol, et elle se désaltéra.

— Elle s'appelle Henya, dis-je à Djeks en cherchant une explication rationnelle à lui donner. Je... l'ai adoptée avant d'arriver à Halik.

— Tu as adopté une gerbille des sables ? Et elle a accepté ?

— Nous avons une sorte de lien... Comment l'expliquer... Je peux... faire des choses avec ma volonté. Et elle aussi. Nous arrivons à nous communiquer des petites choses. Des sentiments, ou des impressions…

— Tu es un sorcier ?! s'exclama-t-il.

— C'est une mauvaise chose ?

— Non, c'est juste… inhabituel ! Les sorciers ne courent pas les rues ! Tu es le deuxième que je rencontre.

— Qui était le premier ?

— Une thaumaturge du nom de Herru. Elle s'est rendu compte de son pouvoir lors du début de ma formation de Hyendhei. Elle a quitté la Sainte Église pour apprendre à maîtriser son pouvoir, avec l'accord de l'Aikdhei bien sûr. Il a dit que son destin ne se trouvait sans doute pas dans les ordres, mais bien aux côtés d'un thaumaturge. Nous nous en sommes aperçus parce qu'un jour, alors que l'Aikdhei Bahya avait été un peu injuste avec elle, elle s'est mise à pleurer, et ses larmes, au lieu de couler, se sont mises à flotter dans les airs. Nous avons vite vu qu'elle était capable de faire léviter des objets. Les autres avaient peur de son pouvoir, mais pas moi ! Moi, je l'admirais. J'admire la magie, et tout particulièrement chez les sorciers. J'ai moi-même appris un sort !

— C'est vrai ? Quel sort ?

— Je peux guérir de petites blessures ! Regarde !

Il prit un couteau et s'entailla le bout du doigt. Je retins un cri. Il grimaça et me montra la coupure. Je constatai qu'elle n'était pas grave, mais cela devait faire mal, tout de même. Il se concentra. Sa volonté, jusqu'alors presque inerte, eut un mouvement étrange, erratique. Mais une partie d'elle se concentra dans son doigt. Je constatai la forme qu'elle prenait, réalisai qu'elle agissait sur les tissus pour les refermer. Je joignis ma volonté à la sienne, et je crois qu'il la sentit alors qu'elle le ceignait pour contenir les inexactitudes de son énergie. Et alors, la plaie se referma pour de bon, sans laisser de cicatrice. Il me fixa, incrédule.

— Tu... Tu sais soigner ?

— Je crois que maintenant, je sais... dis-je maladroitement.

— Tu vois, toi aussi, tu crois. Je savais que les sorciers étaient impressionnants ! Il t'a suffi de me voir faire pour pouvoir m'aider !

Henya vint se caler contre mon cou. Je sentis sa chaleur sur ma peau, et, en contraste, ses pattes légèrement humides et froides. Je perçus dans sa volonté qu'elle avait sommeil. Je réalisai alors que j'étais moi aussi éreinté.

— Nous ferions mieux de dormir, dis-je soudain.

— Tu ne veux plus parler ?

— Je suis fatigué... Mais nous pourrons discuter demain. Mais... évite d'évoquer Henya, d'accord ?

— Promis.

Je m'allongeai le plus confortablement possible. La journée du lendemain allait être longue, la marche exténuante. Je repensai à ce que m'avait dit Kaci, le vendeur d'épices. Il avait connu mon père et avait cité un village où je pourrais avoir des informations... Je souris. Peut-être que Djeks avait raison finalement. Peut-être avais-je une destinée prévue par Bheldhéis. Si c'était le cas, cela signifiait que j'avais bien fait de partir de chez moi à la recherche de Sarik... Je sentis Henya se retourner, puis descendre entre mon cou et le sable. Je compris qu'elle creusait et, l'instant d'après, je sentis l'humidité de son museau contre ma peau, avant qu'elle ne s'enfonçât dans son trou. À nouveau, je souris, et murmurai :

— Bonne nuit...

Djeks crut bon de me remercier, mais je l'ignorai. Quels compagnons j'avais... Un Hyendhei et une souris des sables... Cela ressemblait au début d'une histoire drôle. Pourtant, quelque part, leur présence à tous les deux me rassurait. Je n'étais pas seul. Et pour la première fois depuis des années, ma solitude était comblée. Bien sûr, j'avais eu ma mère, mais... elle avait toujours été là, et n'avait jamais suffi à combler ce sentiment de vide. Je savais à présent pourquoi. Il manquait Sarik. Mais malgré tout, ces deux amis étaient pour moi un soulagement intense. Je n'étais pas seul. Je n'étais plus seul. Et lorsque ce voyage se terminerait, je ne serais plus jamais seul.

IV – Djalsak

*

« Les oasis du Baya sont un excellent exemple. La plupart abritent des villes commerciales, fondées par les Premiers Marchands. Leurs descendants forment des conseils dans chaque cité, et prennent ainsi les décisions politiques et économiques qui les concernent de façon collégiale. Mais si ces oasis détiennent la majeure partie de la vie humaine de Kemn, il ne faut pas oublier de noter la végétation qui les entoure. Des dattiers aux champs de blé, en passant par les vergers, les oasis sont un véritable paradis au sein de l'aridité du désert. »

Les merveilles du désert, de Lahken Masin

*

Nous nous levâmes à l'aube. Henya se désaltéra et Djeks fit sa prière du matin, alors que je buvais à petites gorgées l'eau de ma gourde. Le désert, silencieux lorsque j'étais seul, étouffait désormais les bruits de la caravane qui se préparait à repartir. Nous déjeunâmes rapidement, et j'aidai Djeks à démonter la tente, et, déjà un peu essoufflés par cette activité, nous nous mîmes en marche. Mais assez vite, Mourad arrêta le convoi.

— Regardez, dit-il en pointant le nord. Des zeklons. Il y en a plusieurs nids. Il va nous falloir contourner.

Je tentai d'apercevoir les nids, mais il me fallut de longues secondes pour remarquer la présence d'un seul serpent. Cela dit, il était connu que les zeklons vivaient en groupe. Si j'en avais aperçu un, il y en avait sûrement plus. La caravane se remit en route, en déviant par l'est, où le chemin semblait plus sûr. Je n'étais pas certain du temps que cela allait rajouter, et Mourad n'avait pas donné l'information. Je n'osai pas le rattraper pour lui demander ; il ne m'avait pas à la bonne.

Il nous fallut attendre la nuit tombée pour apercevoir les lumières de la prochaine oasis, Djalsak. Nous marchâmes donc dans une obscurité relative, qui ne manqua pas de me faire trébucher plusieurs fois dans le sable, pendant quelques heures avant de finalement poser le pied dans la ville. Les bâtisses en bois étaient entourées de champs de céréales, tous légèrement couverts par une fine couche de sable amenée par le vent. Et au centre de tout cela, un petit lac apportait de la fraîcheur dans ce désert trop aride. Je remplis ma gourde, et Henya en profita pour boire et faire sa toilette. Djeks m'imita et se désaltéra en suivant. Les membres de la caravane se dispersèrent dans les différentes auberges.

Le lendemain fut consacré à la vente et à l'achat des produits de chacun. Je découvris l'oasis sous un nouveau jour. Les habitants sédentaires, mélangés aux nomades et voyageurs de passage, étaient accueillants et n'hésitaient pas à offrir le thé à qui en voulait. Des animaux de tout acabit s'abreuvaient dans le lac central, et même les chacals, d'ordinaire refoulés à coups de lance, avaient réussi à se frayer un chemin dans la ville. Les sentinelles semblaient les ignorer et s'astreignaient à leur ronde quotidienne. Je remarquai quelques enfants qui jouaient, certains de mon âge, d'autres plus jeunes. Je notai que, contrairement à ce que j'avais vécu dans mon village, ils ne semblaient pas exclure qui que ce fût. J'en souris, mais avec un léger pincement au cœur. Je regardai un petit groupe s'entraider pour escalader un dattier afin d'aller y cueillir quelques fruits. L'enfant qui parvint en haut de l'arbre commença à en décrocher les dattes et à les jeter à ses comparses qui les attrapèrent et, dès que le premier fut descendu, ils filèrent sans demander leur reste. La scène attendrissante me rappela que si je n'avais pas été différent des autres enfants, j'aurais sans doute pu participer à ce genre d'entreprise. Djeks posa la main sur mon épaule, et je sursautai.

— Viens, me dit-il, Kaci nous attend.

En effet, nous avions prévu d'accompagner le marchand d'épices afin de voir comment il commerçait avec ses semblables. Il était habile en affaires et ne se laissait pas démonter par les tentatives de négociations de ses clients. Il savait cependant se montrer généreux, dans une certaine mesure, et n'hésitait pas à offrir une partie de la marchandise à titre personnel, pour convaincre l'acheteur. Mais nous ne restâmes pas avec lui très longtemps. Djeks souhaitait se rendre au temple local et discuter avec l'Aikdhei.

Nous trouvâmes ledit temple et y remarquâmes quelques prieurs, mais pas de queue pour les bénédictions. Djeks s'approcha d'un Hyendhei et le salua en passant sa main devant ses yeux, pour rappeler sa soumission à Bheldhéis. L'autre lui rendit son salut et l'accueillit amicalement.

— Désolé de te déranger, mon frère, dit Djeks. Je suis Djeks, Hyendhei de Bheldhéis. Je souhaiterais parler à l'Aikdhei. Pourrais-tu me conduire à lui ?

— Je vais voir s'il peut vous recevoir ! répondit le

jeune homme.

Il s'éclipsa et j'en profitai pour admirer l'intérieur du temple. Comme dans celui de Halik, un jeu de miroirs permettait au soleil d'éclairer l'autel, sous les yeux bienveillants d'une représentation sculptée de Bheldhéis. Le dieu de la Lumière tendait un doigt vers l'autel, et, de son autre main, portait son symbole, le soleil de Bheldhéis. J'observais cependant des statues à l'effigie de sa sœur, la déesse du temps, Mehndéis. Elle avait les mains levées vers le ciel et tenait aussi son symbole, la clepsydre. Les statues, toutes identiques, étaient disposées autour d'un autel plus petit, un peu à l'écart du premier. Une femme y était agenouillée et priait pieusement. Elle devait avoir l'âge de ma mère. Je sentis que sa volonté était forte, plus forte que celle de tous ceux qui se trouvaient dans le temple. Et elle dégageait une aura sainte, telle que celle que j'avais ressentie lorsque, à Halik, j'avais été béni de Bheldhéis.

Soudain, elle se tourna vers moi, et je crus sentir en elle de la compassion et de l'admiration. Elle se releva et marcha vers nous. Je ne pouvais m'empêcher de la regarder, tant cette aura m'obsédait. Djeks la remarqua et j'aperçus un sourire accueillant. Il s'apprêtait à la saluer quand il vit qu'elle l'ignorait pour venir vers moi. Elle vint poser la main sur mon épaule, et, d'une voix douce, elle murmura à mon oreille.

— La mort est sur ton chemin, Hyossif. Mais la vie aussi. Tu trouveras bien plus que ce que tu es venu chercher dans ce désert. Tu ne le sais pas encore, mais ton destin est plus grand que ta quête. Ainsi parle Mehndéis.

Puis elle s'effondra, inconsciente. Je la retins pour ne pas qu'elle heurtât le sol, et jetai un regard plein d'incompréhension à Djeks. Celui-ci n'avait probablement rien entendu des paroles de cette femme, mais il sembla avoir compris.

— Elle t'a donné une prophétie, n'est-ce pas ? Les dieux ne sont pas tendres avec nos enveloppes charnelles. Mais elle ne devrait pas tarder à se réveiller.

Et en effet, à peine avait-il fini sa phrase qu'elle sortit de sa torpeur. Elle cligna des yeux plusieurs fois, comme pour s'habituer à la lumière, puis posa les mains sur ses tempes.

— Ma tête... J'ai l'impression qu'un char m'a roulé dessus...

— Tout va bien ? demandai-je, non sans stupidité.

— J'ai mal... Mais je crois que ça va. J'ai... J'ai dû m'évanouir quand Mehndéis m'a honorée de sa présence...

— Elle a fait plus que cela, intervint Djeks. Elle a transmis un message à travers vous.

— Oh ? Ce n'est pas la première fois, mais ma curiosité n'en est pas moins piquée... Cependant, j'ai appris qu'une parole de Mehndéis n'est pas un bijou que l'on peut offrir à la vue de tous. Si Mehndéis a parlé, elle a parlé à ceux qui devaient l'entendre. Je suis heureuse d'avoir été son vaisseau. Et... je comprends mieux l'état de ma tête.

Elle se remit enfin sur ses pieds. Son aura brillait nettement moins, dorénavant, mais pourtant, il y restait quelque chose de sacré. Peut-être était-elle une sorte d'élue de Mehndéis ? Une prophétesse, ou quelque chose de cet ordre ? Elle ne fit guère plus attention à nous et retourna prier à l'autel de la déesse du Temps. J'essayai de me remémorer ce qu'elle m'avait dit, et le message m'apparut clair comme de l'eau de roche, comme s'il m'avait toujours accompagné. Il était l'évidence même, et ce même si je ne comprenais pas réellement son sens. La mort et la vie étaient sur mon chemin… Cela sonnait comme un avertissement, mais aussi comme une promesse rassurante. Je ne savais pas vraiment quoi en penser. Mais le Hyendhei était de retour et nous demanda de le suivre, aussi rangeai-je la prophétie dans un coin de ma tête.

L'Aikdhei était un homme relativement jeune, âgé peut-être d'une trentaine d'années. Il avait de longs cheveux noir corbeau et une petite barbe dans laquelle se glissait quelques reflets roux. Ses yeux bruns affichaient un regard attentif et sa peau était rougie par le soleil. Ses sourcils épais débordaient sur un front plissé. Ses lèvres, longues et fines, étaient gercées. Il passa la main devant ses yeux et nous salua. Djeks et moi fîmes de même, et il nous montra un banc.

— Asseyez-vous donc, mes amis. Que puis-je pour vous ?

— Je suis Djeks, commença mon compagnon. Et lui, c'est Hyossif. J'ai reçu une parole de Bheldhéis il y a quelques mois de cela, et je crois que celle-ci concerne Hyossif. Je ne la comprends cependant pas totalement, et j'espérais que vous puissiez m'apporter un peu de votre sagesse.

— Voilà qui est intéressant, reconnut l'Aikdhei. Parle, mon frère, quelle était la parole de Bheldhéis ?

Il répéta la prophétie qui lui avait été donnée. Je tentais moi-même d'en comprendre le sens. Mais les dieux semblaient déterminés à ne transmettre que des messages abscons. Je formulai ma question avant de prendre conscience de l'insulte qu'elle pouvait représenter.

— Pourquoi les dieux ne nous offrent-ils pas des paroles claires ?

— Les dieux font ce qu'ils souhaitent, répondit froidement l'Aikdhei. Nous ne pouvons juger de leurs actes.

— Je crois, intervint Djeks, que la question que se pose Hyossif ne se voulait pas insultante envers les dieux, Aikdhei. Je crois qu'il se demande juste pourquoi les dieux ont cette habitude d'offrir à leurs croyants des messages qu'ils ne peuvent comprendre d'eux-mêmes.

— Je vois... Pardonne mon emportement, Hyossif. Je ne tolère guère que l'on manque de respect au dieu de la Lumière ou à la déesse du Temps dans ce temple qui leur est dédié, et je suis un peu... susceptible sur ce sujet.

— Toutes mes excuses si ma question était formulée de façon offensante. Djeks a bien compris ce que je souhaitais demander.

— Alors je vais tenter de répondre. Ce que je m'apprête à dire n'est pas une vérité qui m'a été révélée dans un texte sacré ou par la voix de Bheldhéis lui-même. Il ne s'agit que de ma propre compréhension des dieux. Je crois que les dieux veulent que nous méditions leurs paroles, que nous ne nous arrêtions pas à de simples conclusions. Je crois qu'ils veulent que nous étudiions la voie qu'ils nous proposent, pour que nous en ayons une compréhension complexe, approfondie.

— C'est aussi ce que je crois, dit Djeks. C'est pourquoi je viens vous voir avec ma prophétie.

— Hélas, je ne suis pas sûr de pouvoir t'apporter grand-chose. Si tu penses avoir trouvé celui dont parle cette prophétie, accompagne-le, guide-le si tu le peux, et apprends de lui.

— Mais je n'ai rien à lui apprendre, répliquai-je. Je n'ai pas eu d'éducation approfondie, je sais tout juste écrire mon prénom... Ce serait plutôt à lui de m'enseigner ses savoirs.

Henya s'agita sous ma chemise. Je la sentis un peu nerveuse. Je réalisai que j'étais dans une posture défensive, autant physiquement que mentalement. Je pris une seconde pour me calmer d'un effort de volonté, et lui transmettre l'image apaisante d'un fleuve tranquille entouré de champs. Nous regagnâmes en sérénité en même temps, alors que l'Aikdhei me répondait.

— Il y a moult choses que l'on n'apprend pas par l'éducation dont tu parles. Nous avons tous à apprendre les uns des autres, car Bheldhéis nous a fait différents et complémentaires. Djeks est peut-être plus éduqué que toi, mais il tirera sûrement des enseignements de ta personnalité.

— Ne t'en fais pas, ajouta Djeks. Si Bheldhéis dit que j'apprendrai de toi, alors j'apprendrai, même si tu ne cherches pas à m'enseigner quoi que ce soit ! Merci pour votre aide, Aikdhei. Nous n'allons pas vous déranger plus longtemps.

Nous prîmes congé, et une pensée vint s'immiscer dans mon esprit. Allais-je lui apprendre... la mort ?

V – Tempête

*

« Les dragons vivent en autarcie complète. Il est rarement donné à un humain ou à une créature trolléenne d'en voir, ou alors de très loin. Il est cependant avéré qu'ils sont très protecteurs de leurs œufs et n'ont aucun mal à adopter une progéniture qui ne viendrait pas d'eux, car la survie de leur espèce est plus importante à leurs yeux que les liens du sang. Ce ne sont pas de simples bêtes. Les dragons sont intelligents et possèdent leur propre langue, différente de celle des humains. Ils maîtrisent la magie instinctivement, comme nos sorciers, probablement avec plus de force encore. Leur taille varie énormément, certains adultes ne dépassent pas les quinze pas de long,

quand d'autres atteignent les soixante-dix. Leur envergure, ailes déployées, est plus grande encore. Et de mon expérience, il est impossible de résister lorsqu'un dragon nous jette un charme. »

Dragons, de Libn Balêr

*

La route fut longue, et les arrêts dans les différentes oasis n'étaient qu'un maigre repos. Je m'en contentai pourtant, comme le reste de la caravane. Nous avancions à un rythme soutenu, dromadaires comme humains. Parfois, Henya sortait pour courir à nos côtés, mais étant en fin de cortège, personne ne sembla s'en apercevoir, ou tout du moins, personne ne m'en fit la remarque. Tous étaient occupés à avancer, à vérifier que les paquetages ne tombaient pas des montures, à faire en sorte de ne pas perdre le reste du groupe. Les pas étaient lourds, dans le sable, surtout lorsque nous escaladions des dunes. C'était le plus pénible. Et quand bien même le paysage désertique était beau, il était difficile de ne pas se lasser de cette infinité de sable.

Pourtant, un beau jour, je remarquai que le sable en question changeait de couleur. Au milieu des grains jaunes se glissaient des nuances de rouge. Et en arrivant en haut de la dune, je le vis. Le désert rouge était là, droit devant nous. J'ignorais à l'époque que personne n'avait identifié l'origine de la couleur du sable. Je sais aujourd'hui qu'il y a des théories qui évoquent la magie, d'autres Torikala elle-même. En tous cas, j'étais émerveillé. Le sable rouge change réellement toute l'ambiance du désert. Ce rouge chaleureux, presque écarlate, contrastait avec le jaune poussiéreux, presque blanc du Baya.

Nous fîmes halte à Leika, où je posai des questions aux habitants. Tous réagissaient au nom de Sarik, la plupart avec une bienveillance familière. Mais personne ne savait où il se trouvait. Il était venu leur livrer quelques doses de venin quelques semaines auparavant et était reparti vers l'est. La caravane ferait encore un arrêt vers le nord, et je décidai de l'abandonner là. Je remerciai chaleureusement Mourad, malgré son accueil plutôt froid. Il me souhaita bonne chance et me gratifia d'une bourrade dans le dos. Je supposai, a posteriori, que mon départ l'apaisait, qu'il ne se sentirait plus responsable de moi.

Djeks fit ses adieux aussi, décidé à m'accompagner pour réaliser cette fameuse prophétie. J'étais un peu mal à l'aise, mais je n'avais pas le cœur à lui refuser de me suivre. Ma peur de la solitude avait plus d'emprise sur moi que celle de le voir mourir... Sans doute la première était-elle plus immédiate que la seconde. Et, sans lui parler de la prophétie que j'avais moi-même reçue, je décidai de lui offrir l'auberge pour cette nuit. Nous nous endormîmes tôt, éreintés par le voyage.

Le lendemain, nous nous reposâmes pendant de longues heures, tout en nous préparant à un voyage qui serait sans doute ardu. J'achetai des vivres, ainsi qu'une carte et un compas, que Djeks m'assura savoir utiliser. Je notai la position de Kali, la prochaine ville que nous souhaitions visiter. Nous prîmes également le temps de passer au temple local, et je cherchai, sans résultat, un autel dédié à Mehndéis. Je me joignis donc à Djeks dans sa prière à Bheldhéis. Mais en mon for intérieur, je suppliai Mehndéis d'épargner mon ami, de m'aider à le protéger. Mais nul ne vint m'offrir une parole réconfortante de la déesse, et je ne pus qu'espérer qu'elle m'avait entendu.

Nous passâmes le reste de la journée, à flâner dans les rues de Leika, à regarder les étals des marchands, les enfants qui jouaient, les couples qui s'amusaient, les animaux qui, comme nous, déambulaient. Le temps passa trop vite à mon goût, et le crépuscule arriva.

— Je te sens tourmenté, me dit soudain Djeks. Quelque chose ne va pas ?

— C'est la prophétie de Mehndéis qui me hante. J'ai...

— Ne t'en fais pas, me coupa-t-il. Quoi que Mehndéis t'ait transmis, j'ai confiance en Bheldhéis. Nous passerons sans doute par des moments difficiles, des épreuves qui nous sembleront insurmontables, mais

Il nous aidera. Et au final, nous en sortirons grandis, toi comme moi. J'en suis certain.

— Mais… cette prophétie… elle dit que…

— Je ne veux pas savoir. C'est ta prophétie, et la prophétesse a été claire sur le fait qu'il valait mieux que tu la portes seul. Comment a-t-elle dit ? Si Mehndéis a parlé, elle a parlé à ceux qui devaient l'entendre ? Si toi seul connais la parole, c'est que toi seul dois la connaître. Je suis désolé, cela semble être difficile à porter, mais… tu es assez fort pour y arriver. Fais confiance à Bheldhéis ! Il n'aurait pas mis sur ton chemin des épreuves que tu ne peux affronter !

— Tu crois ? Moi je pense que Bheldhéis, comme toi, me surestime.

— Et moi, je pense que tu ne vois pas en toi tout ce

que Bheldhéis sait de toi.

— Et puis tu parles de Bheldhéis, mais c'est Mehndéis qui m'a donné cette parole !

— Mais c'est Bheldhéis qui est maître de ta destinée. Mehndéis sait ce qu'il adviendra, mais ce sont ses frères qui le déterminent. Et en ce qui te concerne, c'est Bheldhéis, car tu es son élu.

J'abandonnai. Je n'avais aucune raison de croire que j'étais effectivement un élu de Bheldhéis, et j'avais, inconsciemment, écarté de mes pensées la destinée extraordinaire que me promettait Mehndéis. Pourquoi le dieu de la Lumière m'aurait-il choisi pour quoi que ce fût ? Je n'étais qu'un gamin, presque ordinaire ; orphelin et sorcier, certes, mais cela ne faisait pas de moi quelqu'un de plus grand, de plus honorable que les autres. Je soupirai intérieurement. Je n'avais pas la force de m'opposer à Djeks. Ni l'envie, d'ailleurs. Tout ce que je souhaitais, c'était que Mehndéis, ou Bheldhéis s'il était le dieu adéquat, sauve mon ami de la mort que je pensais le voir affronter.

Nous partîmes nous coucher suite à cette discussion, et dès le lendemain, nous nous mîmes en route. Le sable était humide de rosée en ce début de journée. Le soleil encore bas ne prodiguait pas assez de chaleur pour être pénible, ainsi nous pûmes profiter de ce début de matinée pour marcher à une allure plus soutenue que ce que nous aurions imaginé. Assez vite, nous perdîmes l'oasis de vue, et, guidés par le compas, nous nous enfonçâmes dans le désert. Mais le sable sécha, et le soleil, plus haut dans sa course céleste, commença à nous assaillir de sa chaleur. Pourtant, une brise se leva, sec, agressif, mais rafraîchissant.

Le vent prit en force, souleva le sable, créa de petits tourbillons. Les bourrasques, de plus en plus violentes, commençaient à durer. Et bien vite, elles ne se calmèrent plus du tout.

— Reste près de moi ! me cria Djeks.

— C'est une tempête ? demandai-je sur le même ton.

— Je crois bien ! Il ne faut surtout pas que l'on se perde !

Je n'y voyais plus qu'à un pas devant moi, et le sable me brûlait les yeux. Je les plissai pour atténuer la douleur, mais réduisit ainsi encore mon champ de vision. Je trébuchai, et emportai Djeks dans ma chute. Il cria, et je ne pris pas conscience tout de suite de l'étendue des conséquences de ma maladresse. Djeks avait, en tombant, lâché le compas, qui s'était aussitôt perdu dans le sable en mouvement.

— Non, non, non, non ! s'écria-t-il. Pas ça ! Pas le compas !

— Je vais t'aider à chercher !

Nous fouillâmes la zone, à moitié aveuglés par le sable qui volait autour de nous. Même avec notre poids, il était difficile de résister aux rafales de vent. Henya dut sentir mon désespoir, car, même si elle était calme jusqu'alors malgré la tempête, sa volonté se remplit de peur et d'appréhension. Au bout de quelques minutes, nous acceptâmes la réalité. Le compas était définitivement perdu. Nous étions perdus. Nous nous remîmes à marcher, contre le vent, tant bien que mal. Je toussai ; l'air devenait irrespirable. Je finis par tomber, incapable de lutter contre la tempête. Djeks se mit juste devant moi pour que le sable ne me tombe pas directement dessus. Il me faisait face, et je vis qu'il pleurait, mais j'ignorais si c'était à cause des grains ou du désespoir. Je continuai malgré tout de m'étouffer et de cracher du sable. Ma vision se troubla de larmes. Était-ce donc ainsi que tout allait finir ? Ce n'était pas juste. Pas après toutes ces belles paroles sur ma destinée.

Henya sortit de sous ma chemise et je remarquai alors qu'il se passait quelque chose. Le sable semblait passer autour d'elle sans la toucher. Je sentis que sa volonté n'y était pas étrangère. Instinctivement, j'étudiai son action, et me pris à la reproduire. L'instant d'après, le sable était dévié autour de Djeks, Henya et moi, et je pus enfin respirer de nouveau. Nous restâmes assis là, pendant de longues minutes, jusqu'à ce que la tempête passât. Le vent finit par se calmer, et enfin, le sable retomba.

— Comment as-tu fait ? me demanda Djeks.

— Je n'ai fait qu'imiter Henya. J'ai... opposé ma volonté au vent et au sable, et j'ai réussi à créer une sorte de... barrière mentale.

— Et maintenant ? Nous avons perdu notre chemin, et sans compas, impossible de nous retrouver...

— J'ai entendu dire que l'on pouvait s'orienter avec les étoiles...

— Et tu sais le faire ?

— Non... J'espérais que tu aies appris.

— Désolé de te décevoir, mais... je crois que nous sommes vraiment perdus.

— Essayons de trouver un point en hauteur pour nous repérer. Peut-être apercevrons-nous une oasis ?

— Je n'y crois pas trop, mais ça ne coûte rien d'essayer. Commençons par cette dune.

Nous nous relevâmes et escaladâmes la dune qui s'était créée à côté de nous. De là, nous avisâmes un rocher, une sorte de petite montagne au milieu du désert. Ce n'était pas grand-chose, mais cela nous faisait au moins un objectif. Je m'accrochai à celui-ci et encourageai Djeks. Lorsque la nuit fut tombée, nous n'étions pas encore arrivés, aussi nous fîmes un feu, mangeâmes, bûmes, et nous endormîmes, éreintés que nous étions après cette éprouvante première journée.

Le soleil nous réveilla à l'aube, et après avoir mangé de nouveau, nous nous remîmes en route vers le rocher. Nous finîmes par l'atteindre alors que le soleil était à son zénith. La roche était chaude, et ni Djeks ni moi ne nous sentions prêts à la gravir sous ce soleil de plomb.

— Nous devrions trouver un coin à l'ombre pour nous reposer, et tenter de l'escalader cette nuit, suggérai-je.

— Je ne dirais pas non à un peu de repos, avoua-t-il.

— Là-bas, il y a un renfoncement sous la pierre. On dirait une sorte de grotte. Ça devrait faire l'affaire.

En effet, au milieu de la roche rouge, une caverne semblait creusée. Suffisamment en hauteur pour ne pas craindre d'être engloutie par le sable, je me demandai comment elle était apparue. Le vieux Senka m'avait appris que les grottes sont habituellement creusées par des cours d'eau, mais au milieu du désert, cette possibilité me semblait exclue. Mais s'il y avait de l'eau, cela signifiait que nous pourrions nous rafraîchir. Fort de ce maigre espoir, je marchai jusqu'à l'entrée béante. Et mon optimisme grandit tout à coup.

— Tu sens cette odeur ? demandai-je à Djeks.

— Qu'est-ce que c'est ?

— De l'humidité ! Il y a sûrement de l'eau dans cette grotte !

Nous entrâmes, et immédiatement, l'air se rafraîchit. Que c'était agréable ! Djeks alluma une lampe à huile, et nous nous enfonçâmes entre les murs de la caverne. Plus nous avancions, plus les parois se couvraient d'une mousse verte, et l'odeur d'humidité se renforça. Djeks courait presque, et je dus accélérer pour le rattraper. Le chemin était unique, et nous ne croisâmes pas d'embranchements. Jusqu'à ce que finalement, nous atteignîmes une sorte de lac souterrain. La grotte était verdoyante et de petits arbustes poussaient par endroits.

Je plongeai la tête sous la surface pour me désaltérer, et Henya fit de même. Djeks posa sa lampe et finit par nous imiter. L'eau était d'une fraîcheur incroyable. Plus douce encore que celle du Kadjal ou des oasis que nous avions traversées. Je sentis ma peau absorber l'eau, revivre. Je sortis la tête du lac et repris ma respiration. Je pris de l'eau au creux de mes mains et la portai à ma bouche. Elle était délicieuse. *Elle a le goût de la vie*, me dis-je même. Peu de temps s'était écoulé depuis notre départ de l'oasis, mais j'avais le sentiment que cela faisait une éternité.

Nous passâmes l'après-midi à nous baigner et à nous reposer. Henya me sembla particulièrement paisible. Bien sûr, elle ne s'inquiétait pas de la perte de notre compas, et je n'avais pas le cœur à essayer de le lui faire comprendre. Je préférais que nous profitassions tous de ce moment, autant que possible. Après tout, nous n'avions pas assez de vivres pour nous installer durablement ici, il nous faudrait repartir sous peu.

Djeks s'endormit, torse nu, sur la rive du lac. Perdu dans mes pensées, je restai là à agiter la surface et à observer l'onde d'un regard absent. Et soudain, j'entendis un bruit. Il ne venait pas de l'eau, mais de l'entrée de la grotte. Je projetai ma conscience et sentis une petite volonté d'humain. J'y lus de la méfiance. Il avait dû m'entendre jouer avec l'eau. Mon cœur se mit à battre la chamade. Il était peut-être notre espoir de survie. Je décidai de laisser Djeks dormir pour l'instant et d'aller seul à la rencontre de l'humain. J'emportai la lampe et me dirigeai vers l'entrée.

— Il y a quelqu'un ? lança une voix grave.
— Oui, dis-je avec la même puissance, en espérant ne pas réveiller mon ami. Nous avons perdu notre chemin et nous sommes abrités ici. Pouvez-vous nous aider ?

Une ombre se détacha du mur, et un homme apparut. Son visage, bien qu'attaqué par le soleil, semblait celui d'un homme d'une trentaine d'années. Je sentais émaner de lui de la curiosité, mêlée d'une méfiance qui n'avait pas disparu.

— Nous ? Combien êtes-vous ?

— Deux, mon ami et moi-même.

— Et ton ami est aussi un enfant ?

— Il est jeune, mais moins que moi.

— Tu me parais bien trop jeune pour te promener dans le coin.

— Je recherche mon père, expliquai-je, sur la défensive. Il est probablement quelque part dans ce désert, seul.

— Alors il doit être fou. Seuls les fous traversent cet endroit sans une caravane...

— Et vous alors ?

— Je le suis sans doute un peu.

Sa voix s'était adoucie en même temps que sa méfiance s'était retirée. Il avait les yeux bleus, le menton fin, les cheveux noirs et longs, attachés dans son dos en une queue de cheval basse. Je notai qu'il ne semblait pas avoir beaucoup de chair sur les os. Il me sourit, d'un sourire un peu fier et sûr de lui.

— Je vais vous aider à rejoindre une oasis. Mais demain. Ce soir, je dois dormir.

L'homme me contourna pour aller jusqu'au lac. Je le suivis, et remarquai que Djeks dormait toujours. Nous ne l'avions pas réveillé. Je souris. Il semblait paisible. J'aidai le nouvel arrivant à installer un feu, et je partageai ma viande séchée avec lui.

— Merci, me dit-il. Ah, du mouton. Cela faisait des lustres que je n'en avais pas mangé.

— Vous... vivez dans le désert ?

— Absolument. Je suis ce que l'on pourrait appeler un solitaire.

— Comment faites-vous pour vous nourrir ?

— Je chasse les quelques animaux que je trouve. Ce n'est pas une vie simple, mais elle me plaît.

Il remua le gruau et s'en servit une portion. Je notai qu'il semblait veiller à ne pas se servir en grande quantité. Il était attentif aux rations et ne cherchait pas à profiter de l'occasion outre mesure. Mon opinion sur lui commença à se forger, et elle était plutôt positive. Djeks finit par s'éveiller, probablement à cause de l'odeur du repas. Il nous rejoignit et me jeta un regard d'incompréhension.

— Il a dit qu'il nous aiderait à rejoindre une oasis, expliquai-je. Alors pour le remercier, je partage avec lui un peu de nos vivres. Nous lui devons bien cela.

— Vous ne me devez rien, coupa-t-il, mais j'apprécie l'attention. Ça me change de la viande de serpent.

— De serpent ?

Mon cœur s'emballa. Il chassait des serpents... C'était impossible ! Il fallait que je sois sûr. Je sentis le regard de Djeks, lourd de sens. Il devait partager mon pressentiment. Je me tournai vers l'homme et pris mon courage à deux mains.

— Vous... Vous êtes Sarik, le chasseur de zeklons ?

— Ma réputation me précède... En effet, je suis Sarik. Enchanté.

VI – Sarik

*

« Le venin des zeklons est certes lent, mais il n'en demeure pas moins hautement mortel. Une fois mordu, un humain peut mettre, en fonction de sa taille et de son poids, jusqu'à deux jours pour trépasser. Les symptômes sont les suivants : douleurs aiguës au niveau de la plaie, saignement des orifices, céphalées, pertes d'équilibre, nausées et vomissements. L'antidote peut être créé à partir du venin. Pour ce faire, faites bouillir le venin et ajoutez une goutte de sang d'elfe. Diluez avec de l'eau. Versez la concoction sur la plaie si celle-ci est récente, autrement, faites-la boire au patient. »

Poisons, venins et antidotes, de Korêi Fispal

*

Je restai bouche bée, incapable de lui annoncer qu'il était mon père. Je n'y avais pas réfléchi, mais… comment annonce-t-on à son géniteur, qui ignore son existence, que l'on est son enfant ? C'était bien plus compliqué que ce que j'avais imaginé. Je pensais juste qu'en nous rencontrant, nous nous reconnaîtrions, d'une façon ou d'une autre, et que nous nous serrerions dans les bras l'un de l'autre. Mais ce n'était qu'un fantasme, la réalité était bien différente. J'avalai ma salive et tentai de formuler une phrase.

— Je… Je suis… Je suis Hyossif, et voici Djeks. Je… Mon père est… un chasseur de zeklons… du nom de Sarik…

Il me fixa du regard, et l'incompréhension lui fit lever un sourcil. Je tâchai de me reprendre et lui expliquai :

— Ma mère m'a raconté vous avoir rencontré il y a des années, dans la ville de Torikala, alors qu'elle voyageait avec ses parents. Sa caravane s'est perdue et a fini par croiser le chemin de la ville mythique. Vous y étiez vous aussi, et... vous avez séduit ma mère. Lorsqu'elle est repartie, elle ne savait pas qu'elle était enceinte...

Il écarquilla les yeux. Je sentais en lui incrédulité et douleur. Je ne compris pas pourquoi, mais je vis des larmes couler sur ses joues. Et je savais que ce n'était pas les larmes de joie que j'avais espérées. Je crus un instant qu'il me fixait, mais son regard se perdait dans le vide. Il prit soudain la parole.

— Hejju... N'est-ce pas ?
— Oui, c'est ma mère ! Elle m'a élevé à Solzdaar, dans le sud du pays !

— Je me souviens d'elle. C'était une personne formidable. Les deux semaines que nous avons passées ensemble à Torikala ont été... magiques. Je suis très vite tombé amoureux. Je crois bien qu'elle m'aimait aussi. Mais ses parents... c'était une autre histoire. J'étais prêt à abandonner ma vie dans le désert. C'était sans doute stupide, mais je me projetais loin dans le futur. Mais quand je me suis présenté à son père, qui aspirait à découvrir une oasis pour devenir un Premier Marchand, il m'a fait comprendre que je n'étais qu'un chasseur, que je n'avais aucune valeur et que m'accueillir dans sa famille serait un déshonneur. Alors je l'ai regardée partir, et j'ai fait une croix sur l'avenir que nous souhaitions partager. Je pensais que le temps avait soigné cette blessure, mais... il reste visiblement des cicatrices...

Je ne savais quoi dire. Djeks, lui aussi, était muet, et Sarik faisait une pause, le regard perdu dans l'obscurité de la grotte. Je cherchai une phrase, n'importe quoi pour le réconforter.

— Ma mère... a gardé de bons souvenirs de vous. Elle m'a élevé seule, parce qu'avant ma naissance, ses parents l'ont abandonnée. Elle n'a jamais cherché à se marier. Je crois qu'au fond elle...

— Je sais ce que tu penses, petit. Ne le dis pas, s'il te plaît. La douleur est trop vive. Tu lui ressembles... mais un peu à moi aussi, je crois. Mon fils...

Je sentis sa volonté se courber, changer. La tristesse, bien que toujours présente, fut reléguée au second plan, alors qu'un nouveau sentiment prenait le dessus. Son esprit transmettait une douce chaleur. Il comprenait.

— Mon fils, dit-il d'une voix entrecoupée par l'émotion. J'ai un fils. L'enfant de Hejju. Et tu es venu me chercher jusque dans le désert rouge.

— J'ai toujours voulu avoir un père, hésitai-je. Et quand j'ai appris que j'en avais un... J'ai décidé de venir vous chercher.

— Et tu m'as trouvé... C'est... incroyable.

— Cette quête était bénie de Bheldhéis, intervint Djeks. Il a tout mis en œuvre pour que vous vous retrouviez, jusqu'à la perte de notre compas dans la tempête qui est passée hier.

— Vous avez pris la tempête d'hier ? Votre survie elle-même relève du miracle !

— De la magie, corrigeai-je. Je suis... Apparemment, je suis un sorcier. Tout comme Henya.

— Henya ?

La gerbille vint se dresser entre nous avant de me grimper dessus. Elle se blottit contre mon cou, et je repris.

— Je l'ai adoptée après ma première nuit de voyage. Nous nous communiquons des sentiments et des impressions au travers de la magie.

— C'est... stupéfiant. Je ne savais pas que les animaux pouvaient pratiquer la magie...

— J'ignorais moi-même que c'était de la magie avant qu'on me l'apprenne. Je croyais simplement être différent des autres... Mais avec la magie, tout s'explique !

— Mon fils est un sorcier...

— Et il est doué, ajouta Djeks. Il apprend vite, il n'a eu qu'à me voir exécuter un sort de guérison des blessures pour pouvoir le faire à son tour. Et c'est aussi cette faculté qui nous a permis de survivre à la tempête. Alors que tout semblait perdu, il a appris de Henya comment barrer le chemin au sable avec la magie. Vous auriez dû voir ça !

Il faisait de grands gestes en parlant, et cela me fit sourire. Sarik souriait aussi, et j'en fus rassuré. J'avais trouvé mon père, et il était heureux que je sois son fils. Je pris conscience de la chance que j'avais, non seulement de l'avoir retrouvé, mais aussi qu'il m'acceptât. Je soupirai intérieurement. Peut-être bien que Bheldhéis était avec moi... Et à présent, peu importait ce qu'il se passait. J'étais avec mon père. Plus rien ne pouvait m'arriver. Je sentis une douce chaleur émaner de Henya, et je compris qu'elle n'était que l'écho de mes propres sentiments. Henya comprenait, d'une façon ou d'une autre, ce que je ressentais. C'était... agréable.

Je passai la soirée à parler de ma mère à Sarik. Il écouta attentivement et posa quelques questions, mais guère. Il eut parfois les larmes aux yeux, mais la plupart du temps, il souriait, s'extasiait, admirait la femme qui avait élevé son enfant. Son regard me rendait fier. Je me sentais ragaillardi, plein d'une énergie nouvelle. Mon sentiment de solitude s'était envolé. C'était un grand moment pour moi. Tout était parfait. Mais bien vite, nous allâmes nous coucher. Sarik était éreinté de sa journée de marche, et Djeks comme moi souhaitions être en forme pour le lendemain.

Nous nous réveillâmes à l'aube et prîmes un petit déjeuner dans un silence somnolent. Ce n'est qu'une fois notre repas terminé que je demandai :

— Alors, où allons-nous ?

— Dans un premier temps, chasser. Puis nous irons à Kevel, la ville la plus proche. Nous nous ravitaillerons, et nous pourrons commencer à descendre vers le sud pour retrouver ton village... Comment as-tu dit qu'il s'appelait déjà ?

— Solzdaar.

— Solzdaar, c'est ça. Cela te convient-il ?

— Oui, c'est parfait ! Je ne pensais pas que je pourrais assister à une chasse !

— Tu y assisteras de loin, c'est dangereux. Je ne peux pas te laisser approcher les zeklons. Moi-même, je n'approche que ceux que j'ai tués.

Nous nous mîmes en route peu de temps après. Sarik nous guida à travers les dunes comme je l'aurais guidé dans mon village. Il connaissait le désert rouge, malgré ses changements réguliers. Il y était à son aise, autant que cela était possible. Il se guidait à la position du soleil dans le ciel, m'expliqua-t-il. Il savait qu'en partant peu après l'aube, il fallait qu'il soit positionné sur le firmament d'une façon précise, et avec le temps qui passait, cela variait. Il ne parvint pas à me faire comprendre comment me diriger, mais peu m'importait. Je n'avais qu'à le suivre, lui.

Djeks, quant à lui, semblait plus à même d'assimiler les conseils et posait des questions. Et mon père lui répondait de bon cœur. Je me fis la réflexion que, pour un homme solitaire, il semblait heureux d'accueillir de nouvelles personnes avec lui. Peut-être, supposai-je, était-ce parce que j'étais son fils, et celui de la femme qu'il avait aimé.

Soudain, après quelques heures de marche, il s'arrêta et nous fit signe de faire de même. Il pointa du doigt une forme dans le sable, et je reconnus un zeklon.

— Ils sont plusieurs. Je vois au moins quatre nids. La chasse devrait être bonne.

— Quel est cet endroit ? demandai-je alors que je ressentais une pression étrange.

— Juste un nid dans le désert, répondit-il. Pourquoi ?

— Je ne sais pas... quelque chose en moi me dit de fuir. Je ne crois pas que ce soient les serpents... Il me semble que c'est magique.

— Ce que je sais, c'est que c'est un excellent terrain de chasse. Restez là, je n'en aurai que pour une demi-heure.

Il descendit la dune aussi silencieusement que s'il avait lui-même été un serpent. Durant sa descente, il prépara son arc et attrapa une flèche. Une fois en bas, il fit quelques pas, posa un genou à terre, banda l'arc, et l'instant d'après, un nuage de sable s'élevait. Au même instant, je vis s'agiter une dizaine de zeklons. Ils se carapataient, sûrement effrayés par la mort d'un de leurs semblables. Mais Sarik ne s'arrêta pas là. Ses flèches volèrent, une à une, à un rythme soutenu. L'une après l'autre, elles vinrent se ficher chacune dans un serpent, soulevant un peu de sable en atteignant leur cible. Je me fis la réflexion qu'il devait être d'une adresse impensable, car pour tuer un serpent, il ne suffit pas de lui tirer quelque part dans le corps. Il faut atteindre l'un de ses organes vitaux. L'admiration ne prit cependant pas le dessus sur l'angoisse générée par ma magie, et je ne cessai de regarder les alentours. Je réalisai soudain qu'une volonté incommensurable émanait de la zone, comme si un groupe de dunes entier était capable de magie. Je soufflai cela à Djeks et il m'adressa un regard étonné.

— Les dunes ne font pas de magie, pourtant !

— Je sais bien, mais... C'est étrange... Il y a quelque chose...

— Ne t'en fais pas, d'ici une demi-heure, nous repartirons et nous pourrons penser à autre chose.

Je tentai de m'attacher à cette idée. Cette volonté était somnolente, peut-être même endormie. Avec un peu de chance, elle le resterait. Pendant ce temps, mon père avait cessé de tirer à l'arc et marchait vers les cadavres de ses proies. Il les récupéra une à une, consciencieusement, et rangea ses flèches dans son carquois au fur et à mesure. Il faisait pendre les zeklons sur son bras, comme autant de petites cordelettes de chair. Il se dirigea ensuite vers nous et s'assit par terre. Il étendit les serpents dans le sable et fouilla son sac. Il en sortit une bouteille en verre et un pic de bois, et se mit à sa besogne. D'une main experte, il ouvrit la gueule d'un serpent et, à l'aide de la baguette, il pressa sa glande à venin et recueillit le poison dans la fiole. Il répéta l'opération jusqu'à s'être occupé de tous les serpents. Puis, à l'aide d'un couteau, il les dépeça et stocka la viande dans des morceaux de feuilles de palmier. Il s'était effectivement écoulé une demi-heure lorsqu'il eut terminé.

— Reprenons la route, dit-il.

Mais à peine eut-il prononcé ces mots que le sable se déroba sous ses pieds et qu'il dévala la dune. Nous nous précipitâmes en bas pour le rejoindre, mais je n'étais pas tranquille. Il n'avait pas simplement chuté. La dune avait bougé. Je l'avais senti. Et en même temps, la volonté endormie avait eu un sursaut. Sarik se relevait déjà. Il cracha du sable et s'essuya les yeux. Je m'approchai de lui, et je savais que mon regard était empli de peur. Mon père m'offrit un sourire réconfortant et me tapota l'épaule.

— Tout va bien, la chute n'était pas aussi terrible que ce dont elle avait l'air.

— Je sens une volonté étrange... Allons-nous-en.

Il hocha la tête, mais il était déjà trop tard. Le sable se mit à tourbillonner autour de nous et sous nos pieds. Nous nous enfonçâmes dans le sol, et je nous protégeai de la même façon que lors de la tempête. Pendant ce qui me sembla durer une éternité, le sable vola autour de nous et au-dessus de nous. Je me concentrai longuement, incapable de faire attention à ce qui m'entourait. Je ne voyais pas si Djeks et mon père étaient paniqués, ou rassurés de me voir les protéger ainsi. Je ne savais pas si Henya était sur moi ou à côté de moi. En revanche, la volonté colossale se réveillait, m'observait avec mépris. Une voix résonna autour de nous.

— *Sok dja ker'besak kobar kalsa gebn ner'bara ?*

— Quoi ? interrogea Sarik. Qu'est-ce donc que ce charabia ?

— C'est... du drakéen, nous apprit Djeks. La langue des dragons. Il dit quelque chose comme... « Qui est assez fou pour me réveiller » ?

J'étais incapable de parler, trop concentré à maintenir les murailles de ma volonté. Soudain, tout s'arrêta. Le sable retomba et je vis une paire d'yeux gigantesques fixée sur moi. Une tête sombre, légèrement bleutée, surplombait un cou d'une longueur démentielle. Il eût fallu plusieurs hommes adultes pour égaler sa taille. Et c'était sans compter le reste de son corps. Il était colossal et couvert d'immenses ailes d'un bleu nacré. Le dragon était là, démesuré, recouvert d'écailles marine et de sable rouge. Je sentis sa volonté nous entourer, nous sonder comme d'insignifiants animaux. Je compris alors, pour la première fois, la supériorité absolue de cette espèce sur toute forme de vie. Une puissance incomparable et une majesté sans pareille.

— *Sok dja ker'besak ner'lera ?*

— Il demande qui tu es, me dit Djeks.

Je déglutis. Je posai un genou à terre et murmurai :

— Je suis Hyossif, un jeune humain qui vient de retrouver son père.

— *Shelk ker'lera lera'set ner'reko. Dja ker'kas laok.*

— Tu aimes ta famille. C'est bien, traduisit Djeks.

— Nous ne voulions pas te réveiller, ajoutai-je. Nous te prions de nous pardonner.

— *Dja ker'bara lokar. Fask'te ker'lera ner'satch bi bara.*

— J'ai soif, donnez-moi de l'eau.

— Je n'ai que peu d'eau, mais je te l'offre volontiers, dis-je.

Je m'approchai et ouvrit ma gourde. Je ne savais pas pourquoi, mais je me sentais obligé de l'aider. Ce n'était même pas une histoire de menace, car malgré son insondable puissance, je ne le sentais pas hostile. En fait, il me semblait à bout de souffle, et j'éprouvais presque une forme de pitié. Cette imposante créature, ce gracieux dragon… était mourant. Cela faisait sans doute des années qu'il était enfoui dans le sable. Peut-être même des dizaines ou des centaines d'années. Il ouvrit son énorme gueule. Je réalisai que ses crocs faisaient ma taille. J'eus un frisson, mais je m'approchai tout de même. Je versai le contenu de ma gourde sur sa langue. Il l'engloutit et secoua la tête.

— *Dja ker'kas teris. Dja bara'set ker'dais ner'Sholem.*

— C'est agréable. Mon nom est Sholem.

— Pouvons-nous faire quelque chose pour t'aider, Sholem ?

— *Saist'te ker'lera ner'bara bi Amjun.*

— Emmène-moi à... Amjun ? C'est un mot que je ne connais pas.

— C'est un nom propre, intervint Sarik. Un lieu abandonné des hommes, car les zeklons y sont excessivement nombreux.

— *Oldar'be ker'bara ner'lera.*

— Il dit : je te suivrai.

— Alors ne perdons pas de temps, dis-je. Nous devons l'aider. Il a besoin de nous.

J'étais totalement sous le charme de Sholem. Je n'étais plus capable d'imaginer un monde où il ne serait pas. Et, sans me rendre compte que mon père et mon ami n'étaient pas en position pour me raisonner, je les entraînais dorénavant vers un endroit que je ne connaissais pas et qui était empli de serpents mortels. Mais cela importait peu. Nous importions peu. Seul comptait Sholem.

VII – Le dragon

*

« Le drakéen est la langue des dragons. Ceux-ci l'utilisent entre eux et avec les hommes. Même si les dragons ne l'écrivent pas, nous autres humains avons besoin de la transcrire. Aussi avons-nous utilisé notre alphabet dans ce but. Le drakéen est une langue simple, sans conjugaison, sans accords, sans déclinaisons. Il fonctionne avec des préfixes et des suffixes, qui marquent le rôle d'un mot dans la phrase. Le préfixe « ker », par exemple, apposé à un nom, indique qu'il est le sujet de la proposition, tandis que « ner » préfixe le complément d'objet direct. »

Drakéen pour les Hyendhei, de l'Aikdhei Velbert

*

J'ai peu de souvenirs de ce voyage. Mon esprit était embrumé par la puissance de Sholem. Je me rappelle cependant que le dragon marchait à la fois à côté de nous et loin derrière nous. Sa tête restait à notre niveau, mais son corps était à plusieurs dizaines de pas derrière. Parfois, il s'envolait. Mais l'épuisement l'empêchait de rester dans les airs plus de quelques minutes. Nous arrivâmes vite à proximité d'une oasis habitée, et le dragon se jeta sur l'eau comme s'il s'agissait d'une proie. La ville, en pleine confusion, était partagée entre l'admiration et la panique. Mais personne ne vint nous poser de questions, comme si nous n'étions pas réellement associés à la bête. Nous refîmes le plein de vivres, et un fermier accepta, probablement motivé par la peur, d'offrir un de ses animaux au dragon afin qu'il pût se repaître de sa chair.

Nous nous éloignions du Baya pour nous enfoncer plus profondément dans le désert rouge. Le voyage dura près de deux semaines. Deux longues semaines, pendant lesquelles j'étais incapable de penser par moi-même, trop préoccupé par l'état de santé de Sholem. Je compris assez vite qu'il n'était pas mourant du fait de son âge. Quelqu'un l'avait empoisonné, des années auparavant. Mais un dragon ne se laisse pas tuer si facilement, et il avait tenté de rejoindre Amjun pour se soigner. Au fil des conversations que j'avais avec Sholem, j'avais de moins en moins besoin des traductions de Djeks. Le drakéen s'inscrivait en moi comme un scribe remplit ses pages. En quelques jours à peine, je comprenais, sans être capable de la parler, la langue drakéenne.

Au début, Sholem ne s'adressait qu'à moi. Mais petit à petit, il commença à s'intéresser aux autres. Il demanda notamment à Djeks comment il connaissait sa langue. Celui-ci expliqua que, parmi les textes sacrés, un certain nombre étaient en drakéen, car transmis directement par des dragons.

— Les dragons ont été de nombreuses fois les messagers des dieux, dit-il.

— *Dja ker'bara feitra ra Bheldhéis.*

— Il dit qu'il est proche de Bheldhéis, traduisis-je pour Sarik.

— Un dragon qui côtoie les dieux... Et c'est mon fils qui doit l'aider...

— Je n'aime pas ce que tu insinues, répliqua Djeks.

Nous ne devons pas juger les dieux.

— Pardonne-moi, Hyendhei. Mais comprends mon point de vue. C'est mon fils qui doit braver le désert alors que les dieux sont en mesure de faire des miracles. Je ne dis pas que ce qu'ils font n'a pas de sens. Seulement que je suis inquiet. Je ne veux pas perdre mon enfant sitôt après l'avoir découvert.

— Tout ira bien, dis-je. Tu es avec moi et Sholem nous accompagne. Il ne peut rien nous arriver.

— *Esh'dja ker'bara robrik, goa trobla'be gekra troka ker'bara.*

— Merci, Sholem.

— Qu'a-t-il dit ?

— Qu'il n'est pas en bonne santé mais qu'il fera ce qu'il peut, traduisit Djeks.

— Au moins, il ne nous en veut pas de l'avoir réveillé.

— Je crois, expliquai-je, qu'il nous en est en fait reconnaissant. Nous l'aidons alors qu'il est aux portes de la mort. Son inconscience n'en était qu'un symptôme. Il a eu de la chance que nous nous arrêtions et que nous le réveillions. Sans cela, il serait sans doute mort seul au milieu du désert.

— Et que va-t-on trouver à Amjun ? demanda Djeks.

— *Zeksa...*

— La vie...

Mon père semblait circonspect. La réponse à la question de Djeks ne semblait pas le satisfaire. Mais il se tut cependant. Quant à moi, je ne me rendais même pas compte de l'état dans lequel j'étais. J'oubliais parfois de boire, tant j'étais absorbé par mon admiration pour Sholem. Son aura emportait mon esprit, et je crois aujourd'hui que ma sensibilité à la magie n'y était pas étrangère. Ma volonté, ouverte à celle de ceux qui m'entouraient, avait été captée par le dragon, comme l'eau d'une rivière est détournée par un barrage. Je me répétais en mon for intérieur que je devais l'aider, que j'étais son unique espoir.

La nuit, je ne dormais plus dans la tente de Djeks, mais contre les écailles chaudes du dragon. Sholem m'avait accueilli sans rechigner, et Henya, bien qu'impressionnée par la grandeur de cet être, se sentait en sécurité à ses côtés, comme moi. Il pouvait déchiqueter d'un coup de dents n'importe quelle menace, ou l'anéantir de son souffle. Et, dans le même temps, il semblait incapable de faire du mal à qui que ce fût. J'ignorais pourquoi je me sentais si proche de lui, à en oublier tout le reste. Encore aujourd'hui, je me le demande. Je n'ai jamais eu l'honneur d'être un expert en dragons, même si j'en ai côtoyé un. Malgré tout, je reste persuadé que je sentais la bonté qui émanait de lui, et que le sentiment d'injustice lié à son état m'encourageait à sacrifier mes projets pour qu'il soit sauvé de sa malemort.

Au fil du voyage, Sholem s'épuisait de plus en plus. Marcher lui coûtait, c'était évident. Sarik et Djeks eux-mêmes commencèrent à prendre le dragon en pitié. Même si j'étais frustré qu'ils ne se rendissent compte de son état qu'à ce moment, j'étais aussi soulagé de constater qu'ils comprenaient l'importance de le guider jusqu'à Amjun, quand bien même nous ne savions pas exactement ce que nous allions y trouver d'autre que des zeklons. Ils se hâtaient dorénavant, quitte à se fatiguer plus vite, pour que Sholem piétine moins. Je sentais la reconnaissance du dragon, mais j'étais incapable de la retransmettre.

Et une nuit, deux jours après avoir dépassé une oasis, nous nous arrêtâmes avec Amjun en vue. Il s'agissait d'une ville en ruine, gigantesque, qui encerclait un pic montagneux. Il n'y avait pas de verdure, pas la moindre trace d'une oasis. En revanche, même moi j'étais capable de repérer des nids de zeklons, tant il y en avait. C'était impensable. Marcher là-bas était aussi dangereux que de marcher ivre sur une corde au-dessus du vide.

— Comment allons-nous faire ? murmurai-je pour moi-même.

— *Esh'horta'te ker'lera. Dja ker'kas ner'fiesk yet riolm,* dit Sholem.

Il me rassurait, m'indiquait que c'était un problème pour le lendemain. Je hochai la tête et me blottis contre lui. Et dans un soupir, je m'endormis.

Je me réveillai dans ce que je pensai être une tempête de sable. Mais bien vite, je réalisai que Sholem s'envolait. L'aube était déjà là, bien installée. Henya, Djeks et Sarik étaient déjà éveillés, et j'étais le dernier à sortir de ma torpeur. Je vis les serpents s'écarter sous le dragon, effrayés par l'ombre dangereuse de l'immense créature. Mon père et le Hyendhei ramassèrent leurs affaires, et, avant que nous pussions reprendre la route, il y eut comme un coup de tonnerre. Au même moment jaillirent de la bouche du dragon les flammes les plus grandes qu'il m'a été donné de voir. Un couloir de feu se forma, comme pour faire un chemin vers une grande porte, assez grande pour laisser passer

Sholem lui-même. Il se posa à l'entrée et se tourna vers nous. Il nous attendait. Nous avançâmes, et les flammes s'éteignirent peu avant que nous arrivions. Les zeklons qui étaient restés étaient noirs et gris, et une odeur de viande calcinée se dégageait du chemin ainsi créé. Mais les autres serpents n'osaient s'approcher de nous et nous regardaient, de loin, comme des lavandières prêtes à échanger des ragots.

Nous atteignîmes l'entrée du bâtiment sans difficulté, et le dragon y pénétra. Deux escaliers descendaient dans la pierre et s'enfonçaient longuement sous le pic rocheux. Entre les deux, une pente nette, sur laquelle marchait Sholem, suivait le dénivelé. Nous descendîmes lentement, à la lumière de la lampe de Djeks. La pente se mit à tourner en une large spirale, si bien qu'il me fallut une bonne dizaine de minutes pour prendre conscience que nous n'allions pas en ligne droite. Je compris bien vite que si tout était aussi massif, c'était spécifiquement pour accueillir Sholem et les siens. Il confirma ce sentiment.

— *Dja'he rae ker'grek yet ner'draek. Zeksat'he ker'bara feg doka kze fozek.*

— Il dit : « Cette ville est pour les dragons. J'y ai vécu il y a mille ans. »

— Mille ans ?! s'étonna Djeks. Il a plus de mille ans ?

— *Esh'dja ker'bara golmsi. Trobsa ker'bara ner'draek kalsa dja golmsi ra ye lze fozek.*

— Quoi ?!

— Qu'a-t-il dit ?

— « Je ne suis pas vieux, je connais des dragons de plus de vingt-mille ans » ! C'est... plus de temps que je ne saurais l'imaginer !

Djeks semblait choqué par cette révélation. En ce qui me concerne, je ne mesurais pas ce que vingt-mille représentait. Je savais que c'était un grand nombre, mais guère plus. Aujourd'hui, je me rends compte, mais je sais aussi que les dragons peuvent vivre plus vieux encore. Mais cela n'avait pas d'importance pour moi. Ce qui comptait, c'était de descendre, de suivre Sholem et de prier Bheldhéis pour qu'il s'en sortît.

Soudain, Djeks cria. Je me retournai et j'aperçus une silhouette ramper sur le sol en s'éloignant vers la sortie. Djeks se tenait le mollet et un filet de sang recouvrait ses doigts. Il me fallut quelques secondes pour assembler les pièces. Je chassai sans m'en apercevoir Sholem de mon esprit, et aussitôt, la prophétie de Mehndeis me revint. Le mort était sur mon chemin... Mes craintes étaient fondées. Sans antidote, Djeks allait mourir du venin du zeklon. Je soignai la plaie grâce au sort qu'il m'avait enseigné, pendant que je réfléchissais. Lorsque j'eus terminé, une lueur d'espoir m'apparut. Je me tournai vers Sarik.

— Tu chasses les zeklons pour pouvoir faire un antidote à leur venin, n'est-ce pas ? Tu dois être capable de le soigner !

— Hélas, je ne sais pas préparer l'antidote. Je ne fais que récupérer le venin et le vendre aux apothicaires que je croise. Ce sont eux qui élaborent les remèdes. Je ne saurais aider Djeks...

— Comment allons-nous faire ? On ne peut pas le laisser mourir !

— La première ville est à trois jours d'ici. Il ne survivra pas jusque là.

— *Oldar'te ker'lera ner'bara.*

— Il veut que vous le suiviez, dit Djeks avec un air grave. Allez-y, j'accepte mon sort. Ainsi va la volonté de Bheldhéis. Je ne m'y opposerai pas.

— *Sem ! Oldar'te ker'Djeks ner'bara !*

— Que dit-il ? demanda Sarik.

— Que je dois le suivre aussi…

— *Golka ker'zeska tiokar.*

— Il dit que la vie attend en bas, complétai-je. Je ne comprends pas ce que cela signifie, mais nous n'avons rien de mieux à tenter ! Tu peux marcher, Djeks ?

— Difficilement…

— Je vais te porter, assura Sarik.

— Alors ne perdons pas de temps !

Je récupérai le sac de Sarik. Il était lourd, mais moins que Djeks. Nous reprîmes notre descente aussi vite que possible. Mais nous n'en voyions pas le bout. La prophétie tournait en boucle dans ma tête, comme si la femme était à côté de moi et la scandait en permanence. Je déglutis difficilement. Il ne devait pas mourir ! Après une demi-heure, Djeks commença à saigner du nez. Je regardais régulièrement dans sa direction et m'enquérais de son état à chaque occasion. Mais il se dégradait trop vite. Il se plaignit de nausées dans les quinze minutes après le début de ses saignements. Je voyais qu'il supportait la douleur tant bien que mal. Mais il souffrait. C'était évident.

Mon cœur battait la chamade. Je devais le sauver ! Je lui devais tant... Sans lui, jamais je n'aurais retrouvé mon père. Sans lui, je n'aurais même pas pu rejoindre la caravane. Il avait comblé une partie du vide que je ressentais. Je ne pouvais pas le laisser partir ! Pas maintenant ! Pas après tout ce que nous avions vécu !

Je marchai encore un peu plus vite. Je ne devais pas perdre de temps ! Je pris conscience à quel point je ne voulais pas être séparé de lui. À quel point je l'aimais. Les jours et les nuits que nous avions passés ensemble nous avaient rapprochés, et je savais que lui aussi avait de l'affection pour moi. Nous étions devenus des amis, et je n'imaginais pas pouvoir continuer ma route sans lui.

Je lui donnai un peu d'eau, mais il fut incapable de l'avaler. Au fil du temps, cela s'aggravait. Après deux heures, une tache de sang s'étalait sur sa tunique au niveau de son séant. Il priait, comme un enfant apeuré. Moi-même, je priai par deux fois. La première fois, je priai Bheldhéis d'épargner mon ami, de le soigner. La seconde, je le suppliai de ne pas m'infliger cette épreuve.

Par pitié, implorai-je mentalement, *je ne peux vivre en l'imaginant gisant à mes pieds.*

Et au bout d'un moment, le dragon s'arrêta. Il se tourna vers moi et, d'un mouvement de tête, indiqua la fin du couloir devant lui.

— *Feg. Zeksa.*

— Que dit-il ? demanda Sarik.

— Ici. La vie.

VIII – La Vie

*

« Amjun fut bâtie par les premiers habitants du désert rouge, bien avant l'arrivée des Premiers Marchands. Nous avons des textes qui parlent de la ville comme étant un paradis drakéen, où les dragons et les humains vivaient en harmonie. D'après ces écrits, la ville est tombée lorsque les humains ont commencé à vénérer les dragons comme des dieux. Les dragons n'auraient, pour la majorité, pas accepté ces louanges, et seraient partis vers d'autres lieux ; mais l'un d'eux, bouffi d'orgueil, resta, et fut puni par Bheldhéis. Il s'effondra de son trône, et de son corps sortirent des dizaines de milliers des serpents que l'on nomme

aujourd'hui des zeklons. Les humains qui le vénéraient périrent ensuite sous l'effet de leur venin. »

Légendes du Désert, de Amezza Rehhu

*

Le couloir nous mena à une grande salle, suffisamment haute pour que Sholem pût s'y tenir sur ses pattes arrière. Des colonnes de pierre maintenaient un imperceptible plafond. Une lumière diffuse s'échappait de certaines briques des murs et de certaines dalles du sol. Au centre de la pièce, de l'eau s'écoulait dans un bassin doré. Sholem s'approcha et plongea la tête dans l'eau. Je jetai un regard interrogateur à Sarik, qui me le rendit, tout aussi incertain que moi. Nous nous approchâmes, et le dragon sortit la tête du bassin. Je le sentis revigoré. Son aura s'éclaircit d'un coup, et alors, je compris. Il n'était plus mourant.

— Il faut que Djeks boive de cette eau ? demandai-je à Sholem.

— *Kem.*

— Il a dit oui ! Approche-le !

Sarik emmena mon ami à la fontaine. Djeks, presque inconscient, enfonça la tête sous l'eau, mais réussit tant bien que mal à se redresser. Il se mit à boire à grandes gorgées. Il s'effondra ensuite sur le côté du bassin. Petit à petit, il reprit des couleurs. Son nez, auparavant ensanglanté, sécha, et sa respiration s'apaisa. Hésitant, je m'approchai et m'assis à côté de lui.

— Tu... Tu te sens mieux ?

— Je crois... murmura-t-il.

— Par les dieux... J'ai eu si peur... Si peur de te

perdre...

— Il faut croire... que Bheldhéis a d'autres projets pour moi...

Je l'enveloppai de ma volonté. Je sentis comment l'eau réparait ce qui avait été altéré. C'était incroyable. Je ne fus pas capable de m'approprier cette magie. Elle était trop complexe, elle agissait de trop de manières différentes. Mais si j'étais fasciné, j'étais surtout ému aux larmes. Si bien que je remarquai à peine que le dragon lui-même subissait les mêmes changements. Je serrai Djeks contre moi. Il se laissa aller, et, après quelques secondes, il posa la tête sur mes genoux. Ses yeux clos étaient humides. Lui aussi avait eu peur... Je passai la main dans ses cheveux pour le rassurer, comme le faisait ma mère avant que je parte. Le silence, à peine dérangé par le bruissement de l'eau qui coulait, était rassurant. Bientôt, le dragon se coucha à nos côtés, et Sarik fit de même. J'observai comme tout le monde s'endormait, éreinté de la descente et du voyage qui l'avait précédée. Et lorsque je crus tout le monde assoupi, je remarquai Henya, qui se roulait en boule dans l'angle du genou de Djeks.

— Laisse-la faire, murmura ce dernier. Elle ne me dérange pas.

— Comment te sens-tu ? répondis-je sur le même ton.

— Fatigué... mais aussi... bien.

— C'est grâce à l'eau qui t'a soigné. J'ai pu observer son action salvatrice.

— L'eau, oui... Mais c'est également grâce à toi. Cela fait du bien de savoir que je ne suis pas seul.

— Je suis heureux d'être avec toi, ajoutai-je.

— J'en suis heureux aussi... Béni soit Bheldhéis pour ce cadeau qu'il nous a offert...

Je hochai la tête tout en continuant à caresser ses cheveux. Cette fois-ci, il s'endormit pour de bon. Je restai éveillé quelques minutes, le temps de réorganiser mes pensées. Mon esprit avait été un véritable bazar, et le calme me permettait de faire le tri. Je pris soudain conscience d'une chose. Sholem était sauvé. Nous avions réussi ce pour quoi nous étions venus ici en premier lieu. Le magnifique dragon était sauf... Cela m'emplit d'une joie intense. Ce n'était pas le même soulagement que lorsque j'avais compris que Djeks était en sécurité. Mais... C'était presque aussi intense. La partie de moi qui s'était éveillée à la rencontre du dragon reprenait le dessus. L'émerveillement provoqué par Sholem était d'une puissance infinie. Pourtant, dès que je posais les yeux sur Djeks, cette puissance semblait se calmer. À la place, un sentiment d'affection, d'amour, se gravait dans mon cœur. Je fus choqué de cette révélation. Mes sentiments envers Djeks étaient plus forts que l'aura de Sholem... Cette pensée me fit sourire et m'accompagna dans mes songes nocturnes.

Au réveil, tout semblait lointain. Nous n'avions plus de problème, et notre seule préoccupation était de nous préparer au long voyage qui nous amènerait à Solzdaar. J'imaginais déjà la réaction de ma mère en voyant Sarik. Elle serait surprise, peut-être même choquée, mais heureuse de nous retrouver tous les deux. Elle accueillerait Sarik en l'appelant « mon amour », elle me dirait qu'elle s'était inquiétée pour moi mais que j'avais eu raison. Et nous deviendrions une famille unie. J'en étais certain. De plus, Djeks avait l'air déterminé à rester avec nous. Cela m'enchantait, à présent que la prophétie de Mehndéis était accomplie. Je n'avais plus peur pour lui, ni pour personne. Quant à Sholem... Je supposai qu'il rentrerait chez lui et reprendrait une nouvelle vie de solitaire.

Pourtant, je me trompais sur ce point. En effet, lorsque je crus venu le temps des adieux, il nous indiqua un bâtiment en ruine et nettoya le passage de son feu ardent. Dans les restes de la bâtisse, nous découvrîmes du cuir, beaucoup de cuir. Le temps ne l'avait que peu détérioré. Je mis un moment à deviner ce dont il s'agissait. Et soudain, je compris.

— C'est un harnais ! m'écriai-je.
— Un harnais ? demanda Djeks, surpris. Quel genre de harnais est si gros ?

Je vis dans ses yeux qu'à peine la question posée, il avait eu la réponse. Sholem nous invitait à le monter, à nous envoler sur son dos. Nous préparâmes le harnais comme nous le pûmes, mais il était sans doute pensé pour être manipulé par plus de personnes que nous étions. Il nous fallut une bonne demi-heure pour attacher les lanières autour du corps du dragon, qui nous aida de son mieux, et nous aiguilla autant qu'il en fut capable. Une fois prêt, il déploya ses ailes, bougea un peu les pattes, et fit un petit bond dans les airs avant de s'envoler. Il revint vers nous quelques secondes plus tard et nous invita à nous accrocher solidement au harnais grâce aux attaches qui y étaient disposées. Nous nous exécutâmes, et lorsqu'il fut certain que nous étions prêts, il s'élança dans le ciel.

Le sol se déroba sous mes pieds et je me sentis poussé en arrière par le vent. Les attaches étaient suffisamment bien conçues pour éviter que nous virevoltions dans tous les sens, et nous étions presque collés au dragon. Ses écailles étaient comme de grands coussins qui amortissaient les quelques chocs qui résultaient de ses virages. Les sensations étaient incroyables. Jamais je n'aurais pensé vivre quelque chose d'aussi extraordinaire. Mes oreilles sifflèrent un peu, mais très vite, elles s'habituèrent. Je volais. C'était merveilleux. Je savais que j'aurais dû avoir peur, mais il m'était impossible d'être effrayé en présence de Sholem. Quand bien même l'attache lâcherait, il me rattraperait. J'en étais certain.

Je ne me rendis compte de la vitesse à laquelle nous allions que lorsque je vis que le sol en-dessous de nous n'était plus rouge et que nous survolions le Baya. Bien vite, nous rejoignîmes un fleuve, que je supposai être le Kadjal, et nous le longeâmes. Sholem me demanda de lui indiquer mon village quand nous le verrions. Je tentai de me le figurer vu du ciel, avec difficulté. Mais lorsque j'aperçus les champs de céréales, les petites maisons et la place sur laquelle nous jouions avec les autres enfants, j'eus un pincement au cœur. Je prévins le dragon et il amorça la descente. Il décrivit des cercles, et mes oreilles sifflèrent de nouveau.

Le village s'animait en bas. Tout le monde sortait, courait, criait à l'approche de la créature gigantesque. La place centrale était un peu petite, mais elle pourrait tout juste accueillir Sholem. Je la lui indiquai, et il me signifia qu'il m'avait compris. Ses cercles se réduisirent et il finit par se poser. Il enroula sa queue autour de ses pattes pour qu'elle prenne moins de place et se coucha pour nous laisser descendre. Je me détachai du harnais. Le vieux Senka était là, subjugué de nous voir arriver ainsi.

— Hyossif, par les dieux, c'est bien toi ?

— C'est bien moi ! dis-je avec toute la bonne humeur qui m'habitait.

— Après tout ce temps, tu nous reviens à dos de dragon... Qu'a-t-il bien pu se passer ?

— Je vous raconterai tout cela ! Où est ma mère ?

Le groupe de badauds s'écarta et la laissa passer. Elle avait les yeux rouges de larmes, mais elle était visiblement heureuse de me voir. Elle me prit dans ses bras et m'étreignit comme jamais elle ne m'avait étreint.

— J'ai eu si peur, me murmura-t-elle. Si tu savais comme j'ai eu peur... Mais tu es revenu... Et tu n'es pas seul...

— Je l'ai trouvé, lui dis-je. J'ai trouvé Sarik. Il ne t'a jamais oubliée...

Nous rompîmes l'embrassade et je désignai Djeks du doigt.

— Lui, c'est Djeks. Il m'a accompagné durant tout mon voyage. C'est un Hyendhei de Bheldhéis et... un ami précieux.

— Enchanté, madame, la salua-t-il avec entrain. Heureux de vous rencontrer après tout ce temps.

— Merci d'avoir pris soin de mon fils.

— Et lui, repris-je en montrant le dragon, c'est Sholem. Nous l'avons rencontré durant le voyage. Nous lui avons sauvé la vie, et il nous a ramenés ici.

— Enchantée, murmura-t-elle, un peu intimidée.

Le dragon lui offrit un signe de tête bienveillant. C'est le moment qu'Henya choisit pour sortir de ma chemise.

— Mais non, Henya, je n'allais pas t'oublier ! Voici Henya. Elle fait de la magie, comme moi ! J'ai appris que j'étais un sorcier ! Et elle aussi c'est une sorcière. Elle nous a permis de survivre à une tempête de sable !

— Tu es un sorcier ? C'est... C'est incroyable... Je ne l'aurais jamais imaginé... Mon fils est un sorcier !

— Et lui, dis-je en montrant Sarik qui venait de contourner le dragon, je crois que tu le connais déjà...

Des larmes mouillèrent à nouveau ses joues. Sarik s'avança d'une démarche maladroite. Il n'était de toute évidence pas sûr de lui. Ma mère fit un pas en avant, et ils se firent face. Mon cœur palpitait. Sarik ouvrit la bouche pour dire quelque chose, mais ma mère l'interrompit en le prenant dans ses bras. Il hésita une seconde, mais l'enlaça à son tour. Il laissa échapper un soupir de soulagement. Puis il murmura quelque chose que je n'entendis pas, mais ils se serrèrent encore plus fort après cela. Djeks me sourit, et je saisis délicatement sa main. Il l'accueillit et me tira doucement vers lui. Je me collai contre son torse.

— Tu resteras avec nous ? demandai-je avec un pincement au cœur.

— Bien sûr, répondit-il. Je ne t'abandonnerai pas. Nous sommes ensemble.

— Merci… Je suis si heureux de te savoir avec moi… Je crois que…

— Je t'aime, me coupa-t-il. Et je remercie Bheldhéis de t'avoir mis sur mon chemin.

Je me serrai contre lui, une larme à l'œil. Nous nous aimions... C'était une sensation à la fois douce et puissante. Une brise agréable qui pouvait soulever des montagnes. Le dragon éleva la voix.

— *Dja'te ker'lera soktar.*

— Soyez heureux, traduisis-je.

Et sur ces mots, il s'envola. D'un geste, je le saluai, et le regardai s'éloigner dans les airs en restant dans les bras de Djeks. Je me tournai ensuite dans la direction de mes parents. Ils nous observaient, l'air attendri. Je m'empourprai lorsque ma mère me dit :

— Ton ami, hein ?

— C'est... peut-être un peu plus que mon ami, admis-je avec un sourire.

— C'est adorable, dit Sarik. Vous allez bien ensemble, tous les deux.

— C'est probablement la volonté de Bheldhéis, ajouta Djeks. Il ne nous a pas fait nous rencontrer pour rien !

Je me rendis compte qu'avec le départ du dragon, la foule s'était dispersée. Ne restaient que les enfants et le vieux Senka, qui nous observait avec bienveillance. Les enfants s'approchèrent et Ensar se gratta la tête en disant :

— Je... Je m'excuse de t'avoir insulté. Je n'aurais pas dû m'en prendre à toi.

— Désolée, ajouta Sylda, je n'aurais pas dû le suivre. Je me suis mal comportée.

— Et moi, dit Kessir, je... Enfin... Excuse-moi.

Je leur fis un signe de tête. J'étais toujours en colère contre eux, mais ce sentiment n'était qu'un grain de poussière parmi tous les autres qui m'envahissaient. Et ces sentiments, même s'ils s'estompèrent avec le temps, ne me quittèrent pas jusqu'à ce jour.

Djeks m'apprit à lire et à écrire, et lorsque nous fûmes adultes, nous partîmes à la recherche d'un thaumaturge pour me former à la magie. À l'heure où j'écris ces mots, je suis un sorcier reconnu, et l'un des rares humains à avoir côtoyé un dragon depuis l'Âge de la Chasse. Djeks a décidé de rester Hyendhei, malgré son âge, pour ne pas être attaché à un temple. Nous vivons ensemble et retournons régulièrement à Solzdaar pour voir mes parents. Sarik m'a appris beaucoup de choses aussi, et, entre autres, le jeu du Sort Suprême que je désirais tant connaître. Je n'ai jamais revu Sholem. Mais parfois, dans mes rêves, je le revois, majestueux. Et je n'oublie pas son ordre final.

« Soyez heureux. » Et je m'y efforce... avec beaucoup de réussite.

Fin